01 一窺堂奧

如果沒有走進屋內，無論經過門前幾次，都不知道裡面有什麼。

目次

02 皇帝之丘

扈先生非常疼愛扈太太，妻子要什麼，他都順著她。兩人世界裡的每件事都是由妻子決定。他們位在安平運河畔的房子就是扈太太看上的，屋內也按照妻子的想像裝潢擺設，將客廳和廚房的牆壁打通，每間浴室都要有浴缸。平日扈先生的穿扮，也是依據妻子心情，像她不喜歡他戴墨鏡，連帶他也將戶外活動減少。扈太太的要求，扈先生多半欣然接受，想到她好不容易才嫁給他，就覺得沒什麼好挑剔的了。當然她也有過糟糕的決定：例如在妻子建議下買了一輛白色休旅車，結果那年臺灣大街小巷到處是白色新車，令他們無法分辨。

現在計較這些都來不及了，扈太太已因嚴重的食物過敏失去生命。事發當晚扈先生難得違抗妻子的意思，而那不過是，點了一份自己想吃的食物。如果當時他也要求妻子跟自己點同樣的套餐，妻子就不會嚐鮮而丟掉性命。扈先生帶著悲傷開始新的生活。現在整個家都是他的了，凡事由他作主。或因個性不同使然，曾經由妻子決定的一切，逐漸被改變。

他彷彿回到更年輕的時候。扈太太過世那個月，扈先生每天都在家昏睡。起初他都按妻子生前的習慣端正睡好，幾天後，他躺在床上不再遵循一定的方向，不自覺的轉一圈，早上起床才發現怎麼頭朝床尾了呀。小時候睡覺才會這麼沒規矩。家中的漱口杯、餐盤、書櫃，都改為扈先生喜歡的款式，浴室裡的浴缸也不見了。車庫那輛白色休旅車，某日也換成紅色的奧迪 RS6。雖然還是住在原來安平運河畔的房子，但扈先生開始喜歡旅行。

他戴太陽眼鏡，開車奔馳在花東縱谷。最近聽聞政府有意將農地違章工廠合法化的消息，他想趕在田地一塊塊休耕、廢耕，變成一座工業縱谷前，看一眼臺灣最後的稻浪。他從臺南過來，一路上西部平原已經沒有什麼農地，房子和工廠早已從海邊延伸到中央山脈腳下。

正午他將紅色奧迪停在公路旁的一家餐廳，這裡正適合俯瞰縱谷。店內掛著一幅艾爾・葛雷柯的畫作〈杜麗多的風景〉，他坐在這幅畫底下滑著平板，思考接下來的路程。

這時窗外一輛白色休旅車逆光打擾了他，接著一名白上衣藍色裙子的女子下車，推開咖啡店的木門，坐到他對前。過去十年，他沒有一天和妻子分開過，妻子的樣貌一直深刻在腦海，無時無刻，思思念念。一切如同妻子出現在他面前，她面露不屑看向他的墨鏡，接著說了四個字：「皇帝之丘。」她看他不懂，「我說這幅畫。畫裡的那座山丘。你戴墨鏡，當然看不清楚上頭有什麼了。」

扈先生取下墨鏡，確實是妻子，連聲音都沒變。女子表示店內高朋滿座，併桌是不得已的。扈先生無法拒絕，用餐時，一有機會就偷瞧她。他嗅到過去只在妻子身上才有的香水味。為確定自己的想法，他主動告訴這名用餐的女子，因為設計客製化的LINE貼圖，像某姓氏專用、某學校專用、某公司專用的貼圖，才有空閒離開繁忙的城市，來後山旅行。車上隨時帶著繪圖用的平板，基本上到哪都能工作。然而這段敘述埋了許多讓對方接話的機會，果然這名女子說：「我也喜歡安平，目前也住在運河畔。」「我先生也是位圖文作家，雖然我不知道他都畫些什麼。」「我們都是美術系畢業的。」並對扈先生投以好奇的眼光。

「我和我妻子也是。」扈先生說。他肯定對方就是妻子，只是為什麼不認識他了。他感到悲傷。對了，她說的「先生」是誰？

他跟著她離開餐廳，走到門口的停車場，兩人的車並排在一塊。他問她接著要去哪裡？她打開車門，「欣賞最後的田園風光吧。」她說完，像欲言又止，上車發動引擎。她看向後視鏡，他站在紅色的車子旁望著她，扈太太想起自己的先生。

扈太太知道丈夫非常疼愛她，她要什麼，他都順著她。兩人世界裡的每件事都交由她決定。他們位在安平運河畔的房子就是她挑的，屋內也按照她的想像裝潢擺設，將客廳和廚房的牆壁打通，每間浴室都要有浴缸。平日丈夫的穿著，也是看她心情，像她不喜歡他戴墨鏡，連帶他也將戶外活動減少。只要她開口，丈夫多半欣然接受，想到他好不容易才娶到她，婚後還得接受她種種任性的要求，就覺得他委屈。她當然也有過糟糕的決定：例如在她建議下買了一輛白色休旅車，結果那年臺灣大街小巷到處是白色新車，害他們常認錯車。

現在後悔這些都來不及了，扈先生因嚴重的交通事故失去生命。事發當晚丈夫難得違抗她的意思，而那不過是，走出門買一份自己的晚餐。如果當時她要求先生回家享用自己做的菜，他就不會慘死於紅色的奧迪輪下。扈太太帶著悲傷開始新的生活。現在整個家只剩她了，凡事由她作主，也由她包辦，然而曾經由她決定的一切，逐漸被改變。

她彷彿來到最滄桑的年紀。丈夫過世那個月，她每天都在家昏睡。幾天後，當她進臥室，黑暗中感覺有個男人躺在床上，她立刻驚叫，黑影也瞬間消失。丈夫的漱口杯、餐盤、書櫃，經常出現濕潤的手痕。浴缸也會在半夜裝滿水。她不得不睡在車庫那輛白色休旅車內，思考床上的黑色人影會不會是丈夫？丈夫回來了嗎？她還沒有辦法與死去的丈夫一同生活。雖然仍住在原來安平運河畔的房子，但扈太太開始喜歡旅行。

她戴上先生過去的太陽眼鏡，開車奔馳在花東縱谷。最近聽聞政府有意將農地違章工廠合法化的消息，她想趕在田地一塊塊休耕、廢耕，變成一座工業縱谷前，看一眼臺灣最後的稻浪。她從臺南過來，一路上西部平原已經沒有什麼農地，房子和工廠早已從海邊延伸到中央山脈腳下。

正午她將紅色奧迪停在公路旁的一家餐廳，這裡正適合俯瞰縱谷。推開咖啡店的木門，店內掛著一幅艾爾・葛雷柯的畫作〈杜麗多的風景〉，只見像是她丈夫的男子坐在這幅畫底下，安靜滑著平板，灰襯衫白長褲再加上 VEJA 經典小白鞋，正是丈夫平日外出的打扮。她主動坐到他對前。過去十年，她沒有一天和丈夫分開過，丈夫的樣貌一直深刻在腦海，無時無刻，思思念念。一切如同丈夫出現在他面前，該如何開口說話，她直覺說了四個字：「皇帝之丘。」她一如以往看向他墨鏡說，「我說這幅畫。畫裡的那座山丘。你戴墨鏡，當然看不清楚上頭有什麼了。」

男子取下墨鏡，確實是丈夫，連聲音都沒變。扈太太表示店內高朋滿座，併桌是不得已的，對方顯然無法拒絕。用餐時，一有機會就偷瞧他。她感覺到過去只在丈夫身旁才有的安全感。她更加確定自己的想法，對方告訴她，因為設計客製化的LINE貼圖，像某姓氏專用、某學校專用、某公司專用的貼圖，讓他生活無虞，才有空閒離開繁忙的城市，來後山旅行。車上隨時帶著繪圖用的平板，基本上到哪都能工作。這段敘述好幾次差點讓她的眼淚奪眶而出。她說：「我也喜歡安平，目前也住在運河畔。」「我先生也是位圖文作家，雖然我不知道他都畫些什麼。」「我們都是美術系畢業的。」而他不停對她投以好奇的眼光。

「我和我妻子也是。」對方說。扈太太肯定對方就是丈夫，只是為什麼不認識她了。她感到悲傷。對了，他說的「妻子」是誰？

他們離開餐廳，走到門口的停車場，兩人的車並排在一塊，才知道他竟是紅色奧迪的車主。他問她接著要去哪裡？她打開車門，「欣賞最後的田園風光吧。」她說完，困惑夾帶恐懼，上車發動引擎。他站在紅色的車子旁望著她，扈先生想起自己的太太。

03 屏氣凝神

當個藝術家，就應該要一意孤行。

七月四日，北美館灰色的一樓大廳展出一面黑色鏡子。這並非一般的鏡子，乃是電腦模仿鏡子的效果透過計算之後播放的數位成像，非由真實的光影折射所造成。當你好奇的走向黑鏡面前，等它鎖定你的影像之後，接著即便你移動了，鏡中的人像，仍舊絲毫不動，如同一具數位蠟像站立在你面前。他的眼神是你的眼神，你的眼神長久注視著你自己，這就是該項裝置藝術最迷人之處。

面對鏡中那名猶如冷凍在黑色冰塊中的我，許多人沉默下來。

展覽到了第三十一天，一名青年藝術家暗藏一把匕首，來到黑鏡前，用力刺向了鏡中的左腹。他控訴該裝置盜用了每個人的影像，藉此牟利，並聲稱這次的反擊是一次成功的行為藝術。青年藝術家犯案後衝出大門，但他的右腹沒有傷口卻開始滲血，還未跨過馬路就倒在血泊中身亡。館方也立刻對藝術品進行維修，但即使拔掉電源，該名青年藝術家的影像始終無法消除。破裂的黑色螢幕，匕首直挺挺插著，直到九月展覽結束。

04 隔牆有耳

大學生活的第一年，我搬進了宿舍。

這是我第一次離家住到外面，三名室友都是系上的同學。床鋪架在書桌上方，一旁是整排的紗窗，可以直視底下的中庭。如果沒有玻璃的阻隔，單憑這脆弱的紗窗，恐怕睡夢中一個翻身便可能從四樓摔下去。就因為這份恐懼，學期一開始我就不斷和另外兩名床鋪靠牆的室友商量換床位，但他們總不願意，理由不外乎像是：怕潑雨、怕曬黑，怕中庭聊天的人太吵，或是擔心半夜會有小蟲子爬到臉上；剩下一名和我同樣床鋪靠窗的室友，倒安慰我睡在窗邊的好處：每天和太陽一同起床，清晨還能聽鳥語花香，最重要的是，空氣比較清新。他說宿舍內的空氣並不好，總有股霉味。主要是寢室隔壁就是公共浴室的緣故。

一日走回宿舍的路上，我向他說了自己想換床鋪的原因。「喔，你怕自己摔下去啊？我倒是害怕窗外有人。」他說這是他睡窗邊唯一害怕的。我說我不懂，四樓窗外怎麼會有人呢？「對啊，但就是這樣才可怕啊。」他一句不經意的話，開始在我身上發酵，自那天起我再也不敢面窗而睡。大二那年我就退宿了，改在外面租套房。雖然同樣住四樓，但床鋪安穩靠著牆壁，也與窗戶有一段距離。於是我毫不猶豫承租下來。

然而我從未見過房東，都是由同樣住在隔壁套房的何氏夫婦與我接洽。他們家還有個正在念國小的女兒。小女孩經常兩、三點都還沒睡，嘻笑聲、吵鬧聲往往從牆壁傳來。平日小女孩也會跟我打招呼，很乖巧，唯一的問題是，半夜她到底在玩什麼？那晚兩點，我躺在床上再次被吵醒，不滿之際將耳朵緊貼牆面，仔細聽隔壁的聲音。先是小女孩的笑聲，接著聽到：「大哥哥，聽得到我的聲音嗎？」我趕快將耳朵移開，回神後我又貼近牆面，立刻又聽到：「大哥哥，你有聽到什麼嗎？」瞬間我縮回冰涼的耳朵，那晚始終不敢再靠近牆壁。

隔天我在門口遇到剛好要出門的何先生何太太，他們告訴我正要去學校接畢業旅行回來的女兒。然而夫妻倆拖著行李箱，卻像他們正要去旅行。

05 阿世盜名

簽書會上他想，我得了，不治之症？作為臺灣極少數享有國際聲譽的作家，現罹患癌症，已到末期。剛開始他以為是玩笑嗎？但醫生不是小說家，最多說不知道，但不會騙你。醫院開始為他安排標靶治療與化療，待腫瘤縮小後再進行切除手術，除此之外別無他法。

他躺在床上看著Facebook，辛苦經營數十年的讚數，數十萬的粉絲，自己怎麼可能在臉書上交代生病的事？往後，作家的臉書不再更新。他深知，那是一個無論報憂報喜都為了換取讚數的場域，也是布迪厄最痛恨的那種地方。

他想，或許死了之後會以另一個方式或在另一個世界復活，也不是那麼可怕。

他想，他不是不能坦然接受一切，就像最初，每個人只能接受上天所賦予的這副身體，以這副軀殼生老病死。他後悔自己從未整形，雖然他曾驕傲地寫過，想看看自己老的樣子。然而他等不到了，他結束在壯年，寫作的顛峰期。

年輕時他也曾陷入忙碌工作的迴圈。他強調一定要用「迴」字，而不是「回」，才有人在當中匆忙行走的感覺。他很重視文字素養的展現。

他的文學之力卻無法改變這類的疾病，這讓他非常感傷。

他終於決定吞下藥物，是他從另一位國際知名的文學大師那拿到的「高速鎮靜劑」，他長期與國外作家維持良好的關係，沒想到經營多年的人脈，最後竟是一條幫他在安樂死尚不合法的臺灣，順利取得安樂死藥物的門徑。

他躺在床上，靜靜等待死亡到來。

這時房門進來一名穿帽T的男子，帽子非常尖非常高，他想是死神來接走他了，真快，或許「死」這段旅程，會比他寫過的任何詩還短、比任何小說還精彩。這名帽T男來到他的床邊，從他的床邊摸出一把尖長的利刃，他家中從未有過這樣的凶器。男子雙手握住利刃，用力向下扎進他胸口並轉動，他能感覺到連床墊都被刺破。他不知道死竟是這麼痛苦，但幸好都結束了。

十五分鐘後，家人將作家緊急送往醫院。在醫院鍥而不舍的努力下，終於將這位國際級作家從鬼門關救回來。大批媒體留守醫院，等待第一手消息。然而，作家尚未脫離險境，意識也尚未恢復。隔日開始有作家變成植物人的臆測報導。一個禮拜過去了，作家攤在病床上，喉嚨深處也不斷震動著，這些仿若惡夢般的掙扎，被院方視為逐漸好轉的跡象，書迷也不斷在網路上集氣祈福，院方樂觀評估甦醒機率極高。

然而躺在病床上的作家每天都歷經磨難。一般自殺者，身體多受嚴重損害，能像作家這樣死得毫髮無傷，非常罕見，尤其還處於中陰的半死狀態，更便於借屍還魂；除了身體機能完好，這具肉身來自一位名利雙收的大師，只要能得到他的身體，醒來亂寫一通都會被視為大師之作，沒錯，他所有荒唐的行為都被推崇為雅痞，臉書上任何脫序文章都有人按讚，那些書評就像一張張討好他的投名狀，雖然肉身附帶癌症，使用的年歲可能不長，還伴隨痛苦的治療過程，但寧鳴而死，不默而生，鬼曾經是人，泰半是普通人，多少讓想過過名人癮的豪鬼們覬覦。他們像財團獵地，巴結利誘，有的西裝筆挺帶上幾名陰間律師，在他的獨立病房舉辦奢華晚宴，以地獄的度假村，地獄的豪宅、山莊、城堡，提出交換；有的願交出九世輪迴富貴人家的禮券；更有鬼怪幻化各種誘人女體，讓他的靈魂享受前所未有的高潮快感。但不管冥界人士如何循循勸誘，作家最後全以「NO」，這個國際共通的詞彙回絕。

他一點都不想復活，但他更不想把軀體拱手讓人。他始終清楚明白，如果亡靈們擁有這麼多的好東西，為何要放棄來跟他交換？只因他的肉身在人間享有文學大師的禮遇，那些鬼要的是他人生截至目前為止蒐集的讚數，癌症的消息一公布，讚數還會飆升，眼前他就是這樣一副績優股的屍體。他的第一本詩集在最好的詩集出版社出版，每期的文學雜誌都有他的文章，不斷尋找自己的舞臺，都是他孜孜不倦，日夜顛倒，下筆如有神換來的，也因此培養出惡性腫瘤，豈能把自己奮鬥半生的成果讓給這些毫無品味、一點靈性也沒有的傢伙惡搞一番，自毀名號。最該死的是那外國騙子，什麼西洋文學巨擘，不都靠他寫推薦序吹捧，高價賣給他的安樂死藥劑卻不純，是罐假藥，正因為死得不乾脆，才讓他落得受困中陰的下場。

逐漸的，陰間人士也知道作家的想法，他們只是鬼，但他們不笨，過去也是人，現在也仍擁有人的智慧、美德，你完全不能把他們當笨蛋。當他們知道不可能透過交易跟談判取得這副身體後，決定不再文明跟你談，浪費雙方時間，決定用最原始的方式，強取豪奪，殺死作家的魂魄。

一位平時常來病房向作家展示陰間實力，也曾有過雲雨之歡的上流貴婦，這天拿了餐具、直接在病床上將他分食。最後只留下頭顱、腋下、肛門、生殖器、腳底，等最髒的地方。然而到了晚上因醫學仍在支撐他的生命，他感覺肉身從生殖器開始逐一長了回來。隔天他又變成一個完好的人。

隔天，磟首的馴獸師（一種獸，似豬，目在耳側），以鐵鞭鞭笞他，每鞭都打斷骨頭，刮下皮肉。

隔天，一名牙醫進來檢查他的牙齒，原本他以為對方是正規的醫師，然而這名口罩下沒有嘴的牙醫，未經麻醉一顆顆拔掉他的牙齒「反正你也沒知覺了。」馬上進行植牙，將蚯蚓、鬥魚、蝸牛、老鼠頭、青蛙腿、馬的舌頭，植入他的牙床，完成後，再倒一瓶液態火藥給他喝下，爆炸噴濺，血肉模糊。已失去意識的他，夜裡肉塊又慢慢聚合，第二天起床，他又變成了個完好的人。

隔天，又來了一名陌生的男子，自稱「勒命師」，一位絞死藝術家，拿出繩索和一根短棍，來到床頭絞殺他，絞殺時口中還唸唸有詞，但他的魂魄依舊沒死，勒命師每天下午三點都會固定進來對作家進行絞殺，每次作家都以為自己死定了，卻都在隔天醒來。

成為植物人之後，這些魑魅魍魎日夜圍繞在他身邊虐殺他，每個鬼都搶著殺死他的靈、他的魂，搶走他的身體復活，為他招來前所未有的酷刑。但誰也沒料到，這樣反而激發作家的求生意志，肉體的刑罰，與追求身心自由的意志，彷彿相輔相生，彼此抗衡，沒有一方認輸。

作家在精神上受盡各種極刑的考驗，幾近崩潰，然而他的精神苦苦堅持，不肯離開，只因他知道，再復活，已不是自己。他想再自殺一次，徹底送走自己，同時毀壞這肉身，不讓他人使用自己的身體欺世盜名，可是一個植物人要如何要在不能動的情況下毀了自己的身體？

經過三年的日夜折磨，某個適合寫作的早晨，他好久沒聽到如此悅耳的鳥鳴聲。一位年輕讀者潛入病房，來到他面前。原本他以為對方也是要來殺他的「鬼」，無論鬼來殺他幾次都是沒用的，只是拖延罷了，他對地獄來的訪客早已感到乏味。但這名讀者拿出一本小冊子，彎下身指著某頁的某一行說道：「大師，看得到嗎？你是這個意思嗎？」

他清楚看著那行他寫過的文字。他不像其他作家動不動就談死亡，那太膚淺，他把死亡藏得很深，只曾經在一本詩集的別冊中提到：「**我想以乾脆的方式死去**。」他非常激動，長達三年的等待，他的意識始終保持清醒，能看能聽能聞，但卻不能動，也沒有知覺。他盯著這行字，頻頻流淚。

「知道大師的意思了。我非常喜歡你的書，他們不懂你，才這樣對待你。」年輕讀者說完，打開窗，將作家全身上下的管線拔除，告訴作家這裡是二十樓，丟下去肯定粉身碎骨。他讓作家面部朝上，看著藍天，接著放手。

一聲砰然巨響，年輕讀者回到病床前，打開筆電，領先全球於維基百科補上作家逝世的日期。

然而，作家沒死。

06 雲屯蟻聚

現居景美的沈先生是空拍機愛好者。他從十年前開始搜集空拍機，每年追蹤新款，曾刷爆四張信用卡只為了買一臺夢寐以求的新機型。每逢假日他會帶著自己其中一臺空拍機到河濱公園去試飛。最初開拍的時候，他常看見河邊的流浪狗群在追捕野貓、老鼠等獵物，這群野狗每次捕獲食物，就會將肉塊四分五裂在地上啃食，偶而牠們也會吃一些看似狗的動物。他的機器常常飛過牠們上方，拍到牠們進食的畫面，粉紅色的屍體，說大不大說小不小，沈先生對動物攝影沒有偏好，所以不會特別留意。

由於空拍之故，沈先生對於河濱太熟悉了，逐漸被同樣習慣在河濱公園運動的民眾所注意。某次沈先生空拍時發現鏡頭裡有一個中年男子慢跑到507m處，突然癱軟在路邊，他立刻見義勇為的報警。這項義舉在網路上引發熱烈討論，從此大家對他更熟悉，沈先生也被網民譽為景美空拍哥，之後他又用空拍紀錄的影像協助一位外籍看護找到失智的主人。屢次見義勇為的果斷行動立馬讓他爆紅，有人稱他即刻救援的河堤大隊長，他則謙稱自己頂多稱得上是空中監視器而已。再過一段時間，他開始享有更多美稱。沈先生以「左岸航拍哥」成立了粉絲專頁，廣泛受邀，上遍各大談話節目，分享自己即時救人的經驗，如何從眾多空拍畫面中發現異常之處。分享畫面時，他提到，從一定高度俯瞰人的黑色頭髮，貌似螞蟻川流不息。「如果哪處有黑點聚集或停留，就需要特別注意。」所以每當他看見哪裡有群蟻附羶的現象，「因為從上空看，真的很像螞蟻。」他就會立刻聚焦，特別留意，往後他也會繼續在河濱守護大家。

某日一家四口騎腳踏車出遊，原本騎在中間的一雙兒女，陸續被車速較快的一群好手參差其中，前後家長因為閃避來車而沒注意到小兒子沒跟上，待車隊完全離開，才發現事情不對。警方第一時間求助空拍達人，沈先生再次出動空拍機，協助搜索，看見孩子瞬間連同車子一起不見在路上，百分之百是跌落芒草堆了。沈先生反覆倒轉空拍畫面，全是一片生機盎然的綠地，他十足把握的告訴家長不要擔心，柔軟的草可以緩衝保護孩子，請他們隨警方過去該點找尋即可。奇怪的是孩子一直沒被找到，警方甚至出動大批警力協尋。

沈先生也不落人後，迅速到球場邊架設器材，空拍機沿著無障礙的河道飛行，以往飛過下方在河邊吃喝的野狗群，沈先生也沒有將此事放在心上。但今天某處的黑狗群聚，像是比人頭還大的螞蟻聚集。

新聞報導，今日沈先生看著空拍畫面，不知為何沒有留神，站在原地看著最新的巨型空拍機飛回來，定位返航降落的時候，正好削掉了他的頭。

07 根深蒂固

那晚夢見和你到郊區的一間大型購物中心。這裡的停車場在地下二樓。買完日用品，你讓我提著購物袋在停車場的收費出口等候，由你去把車子開上來。我一直站在原地，直到幾臺準備進入停車場的汽車朝我按喇叭。為了避開汽車和汽車所排出來的廢氣，我稍微往路邊移動一些，才發現出口四周盡是與我等高的野草。又過了好久，你的車仍然沒有出現。天色逐漸轉黑，我感覺身邊的植物似乎越來越多，也越來越高了。就這樣一直到賣場打烊，你都沒有開車出現在我眼前。於是我只好拿出身上的手機，傳了一行短訊給你。你告訴我你已經到家了，叫我自己回來。我沿著柏油路走在忽明忽暗的郊區，找了很久都找不到公車站牌，於是我又返回那棟附設購物中心的建築，並在那個像倉庫的停車場入口遇見一輛黑色吉普車。車上的一名胖男人載著兩名年紀看似五六歲的小孩，他說購物中心內所有店家都關門了，就連停車場出入口的鐵捲門也將拉下。此外，他表明自己順路，願意載我到更熱鬧的地方，看能不能找到一個地鐵站讓我搭乘回家。

我上了他的車。他自我介紹他的名字叫石灰一豪，因為他說話有種語調，所以我不太能確定是不是「石灰」。我們隨著車子在高低起伏的野草原蜿蜒前進，在車頭燈的強光下，看似蘆葦的野草散發出褐綠色的味道。車子開了好久突然一個大轉彎，像是開上交流道的坡度與弧度，轉至一間木架的高腳屋前停下。胖男人邀請我進門，而他車上的小孩也微笑地鼓勵我下車。我隨他們上樓，卻發現屋裡還有更多的小孩，他們有男有女，年齡都在五到十歲間。而那位胖男人不知從哪拿來一大疊海報，並開始把海報一一貼滿牆面。他要我加入他們，我沒有答應，反問他何時載我回市區？他沉默了一陣子，卻沒停下手上貼海報的動作，我回頭看了那群小孩，那群小孩也正盯著我。我不敢再問，更不敢輕舉妄動。胖男人大約貼了一半的海報後，突然抱起我，將我以繫皮帶一樣的方式圈住他巨型神木般寬厚的腰際。可是即便我盡力伸長了手腳，卻還是環繞不及他腰圍的一半。我驚訝之餘，卻見他仍以單手若無其事的貼著海報。我不想繼續當胖男人的腰帶，又不知道該怎麼改變自己的姿勢。

突然一陣天搖地動，那群小孩圍到了胖男人腳邊，而我繼續當腰帶，胖男人繼續貼海報。搖晃加劇，牆壁開始龜裂，胖男人趕緊帶大家上樓，躲到了一間早已經貼滿海報的小房間。我被他從腰上解了下來，他拱起身讓大家躲到他溫暖的肚皮底下。十秒後房子垮了下來——無須疊床架屋的修辭，房子就是垮了下來。我們被困在某個角落。胖男人像是沒了氣息，可以感覺到他的體溫逐漸在下降當中。孩子們都在哭，現在我是這裡年紀最長的人了，大夥在胖男人的肚皮底下還好好活著。我拿起他肚皮下備用的礦泉水跟乾糧，發給兩位帶頭的小朋友，自己則拿起十字鎬出去求救。

我掀起胖男人的肚皮，外面的水泥塊在夜裡全是黑的而不是灰的，我的眼睛現在肯定是跟壁虎一樣的。一路上我先遇到冰箱，問它出口在哪，它打開腹艙透出冷光，接著是倒下的電風扇朝某個方向吹著風。我按照它們的指引匍匐前進，全身如毛線拉長。就在我更延展身體想要看清楚前方時，一團光亮降臨，穿橘色衣服的救難人員戴著防毒面具拿著吸塵器要將我從倒塌的房子中給吸出來。我開始在洞穴中漂浮，可是孩子們怎麼辦？我想回去把孩子們帶出來，但救難隊說來不及了，要下起結冰的大雨了。他們見我要回頭，吸塵器的吸力開到最強，不管我怎麼掙扎，都只能在一道光柱中向上飄升，像幽浮的召喚，又像是被從湖底用力釣上岸的魚。我朝下看，只見胖男人倒下的地方越來越遠也越加渺小了，孩子們看我像顆月球嗎？漂浮之中我不經意地瞥見胖男人張貼的海報，上面有一欄關於石灰一豪的介紹，在那名字下寫著「永保安康」四個字。夢到這裡，我便醒了。身旁那位夢中先開車走了棄我於不顧的男人，告訴我這只是一個夢。但我告訴他這並不是。

08 困獸之鬥

It didn't work out, I'm covered in shells. —No Doubt

果俊東飾演一名上班族。

下班開車回家，見路邊一名中年男子隨手亂丟垃圾。他手握方向盤想，如果丟垃圾是一件非常困難的事，會不會就此減少地球的垃圾量？回到家，他對著垃圾桶投籃，仍想著這件事。幾乎每個紙團都投進。他開電視繼續投籃。今年又是勇士隊打入總冠軍賽，像這類消息，已無法吸引他，趁廣告空檔，他在NBA的臉書專頁留言：「為什麼新秀不能選擇自己想去的球隊，卻要用抽籤、交換選秀權的方式決定？」他坐在沙發上又投進一球後想到，國中數學考試作弊，他看見同學的證明題寫著一句話：「一切都大於一。」至今他還在想這句話的意思。後來那名同學不僅考得比他差，那題申論題還得了零分。幸好未參考他的答案，但他的答案卻讓俊東過目不忘，就像是刻意寫給他看。「一切都大於一。」到底是什麼意思，同時他投進今夜最後一個紙團。

上午八點果俊東開車上班，途經臺北橋的機車海。隔著車窗延續昨晚的思緒，騎士本不該被歧視，但毫無作為的政府就像冷漠的殺人機器，這些騎士未來可能車禍喪命，或者吸入大量廢氣罹患癌症。他知道住在臺北市交通要道兩旁大樓的住戶好多都得了癌症，這真是個癌症與車禍之島。想像至此他不免倒抽了一口氣，手握方向盤更珍惜現在的職業。平凡的上下班生活，卻使果俊東成為思想家，多少次在車陣裡想出各種解決交通的辦法。他想會不會其他駕駛也都想過這些問題並且提出自己的解答。他沒有比別人特別。後來他試著在市府網頁留言反映一些問題，但這現象仍持續。於是他改在臉書 tag 政治人物的粉絲專頁，當然也石沉大海。

沒想到這天他所有信箱與社群軟體不約而同收到一封神秘邀請，從此他開始了宛若超人的偵探旅程。各位是否還記得，故事一開始，果俊東飾演一名上班族。拍攝動作片的時候，導演常會要求他做一些特別的動作，再微笑說，如果真的拍不出那種效果，那麼讓替身上場也無妨。然而果俊東為了展現敬業態度，往往堅持不用替身。今天有一場戲非常重要，是拍攝主角與反派在激烈追逐過程中的心理變化，必須以高超的動作技巧橫越極度繁忙的路口，沒有什麼特殊意義，純粹就是炫技，頂多是凸顯一位偵探的膽識與體能而已。

這時候一輛公車緊貼著他的車尾，他早就發現了，臺北市的公車都會刻意離前面那輛車很近。他不懂為什麼要這樣開車，有時兩輛車近到可以夾住一張紙了。他曾在市府網頁留言反映過這問題，但這現象仍持續。現在果俊東駕駛的車子夾在兩輛公車中間，現場工作人員嚴正以待，棘手的是，大家一直拍不出導演要的感覺。儘管果俊東曾建議鏡頭不用那麼長，電影玩長鏡頭怎麼玩也玩不過遊戲，每個遊戲到玩家掛點重來之前，都是長鏡頭。儘管如此，導演仍堅持一鏡到底，嚷嚷給我半小時的長鏡頭，我給你一座奧斯卡。在NG第十六次後，眾人逐漸感到不耐煩。重拍的第二十七次，劇組早已駕輕就熟了，對於命運的掌控，說穿了就是如此，整體而言，每次重拍都有些許進步，大伙越來越流暢。第三十六次很快開拍，下一秒果俊東的車就被兩輛公車夾住。他暫時無法想任何事，兩輛公車仍在推擠他的車，他的車門已經扭曲打不開，換R檔想往後退挪出些空間逃生，但前面那輛公車突然往後退。擠壓中碰一聲，他的轎車直立起來，兩輛公車像磁鐵般快速吸合。車子的玻璃全部破碎，前後還在施加壓力，他一隻眼朝上方看向縫隙的天空，身體如榫頭卡進卯眼再壓扁，如果這時的背景是一首歌，歌名會是臺北葬禮。他的下巴整個撞爛，腰部以下完全粉碎，現在他什麼都不能做，無法做，他想這不是車禍，車禍一定要有速度，沒有車禍是以慢動作進行，也沒有車禍是與其他輛車通力合作，這是謀殺。是不是他對這社會太有意見，雖然他都只在腦子裡想，他多希望死前的思緒能停在「一切都大於一。」這個證明題上。他曾舉發過的事情將他給困住了。最後他想像，他是個演員，他逃了出來。

沒多久知名男星果俊東秘密拍攝新片竟意外遭兩輛公車夾死的消息曝光了，原本是動作結合推理的商業片，也被重新剪輯為充滿寓意的劇情片，這是果俊東奉獻生命的代表作，電影最後停在他慘死的瞬間。該片囊括國內外許多重要獎項，為他的演藝之路劃下完美句點。

09 蕉葉覆鹿

臺南一名女高中生在家中遭人殺害，無數螢火蟲飛進少女房間，覆蓋躺在地上的少女，少女就此失蹤。警方逮捕當晚進入少女家中的葉姓少年，但屍體自命案現場離奇消失，加上嫌疑人未成年，檢察官無法定罪，羈押三天後只能釋放嫌疑人。

求助無門的少女父親，找上之前曾合作的知名網紅作家鹿先生幫忙，約在新美街一間咖啡店的戶外區見面。面對如此棘手的案件與如此悲傷的父親，鹿如臨大敵，他抽完煙，說知道這案子，請節哀，打起精神吧。起身就要離開，但該名插畫家父親非常激動，跪求鹿大作家再想想辦法。鹿不得不彎下腰勸這名父親：「一般姦殺，不會有作家寫成散文或小說。你只能請詩人幫忙寫幾首詩。求我也沒用，我的粉絲不愛看這個，我花時間寫這本書，還讓殺人犯盯上我，我招誰惹誰？」雙方不歡而散。當晚該名父親 LINE

給鹿作家，表示願付兩百萬元，懇請鹿撰寫女兒的失蹤調查，喚醒社會大眾關注，逮捕真兇，最重要的是查出女兒的下落。「鹿老師說得是，封面如果放上我女兒的照片，肯定會更有話題，一定能成為暢銷書。」父親聲淚俱下。

從這天起，鹿先生轉型成「非虛構寫作」網紅，不時在自媒體更新少女失蹤案的最新消息。他透過立委關說，拿到焦姓少女失蹤案的完整檔案。根據焦宅門口的監視器，當晚焦父（插畫家焦路德）待在南美二館旁的個人工作室繪圖，少女放學（光華女中）回家後就再也沒有出門。葉姓少年（葉〇青）晚上九點來到焦宅門口，看了監視器一眼，直接進入屋中。他未按門鈴，顯然早與屋中少女約好時間。在這之前，少女也曾LINE問過父親今晚回家嗎？今天是她生日耶。焦父回訊趕稿在工作室過夜。十一點葉姓少年離開，十二點門口出現大量螢火蟲聚集，半小時後自窗邊散去，隔天早上八點焦父回家，不到五分鐘就衝出門。鑑識報告指出，雖然尚未找到屍體，但二樓少女房間及樓梯的血跡高達3000毫升，DNA也證明是焦姓少女血液，對身高僅有158公分的她來說，恐怕身上的血早已流乾，不可能生還。

鹿先生首次站在屍體消失的房間。一個月過去了，房內還有股血腥味。那晚唯一的窗戶打開著，這是一棟典雅的臺南老宅，窗外勾勒美麗的鐵窗花，難道螢火蟲帶走少女屍體的都市傳說，是真的嗎？至於兩個年輕人是怎麼認識的，警方搜尋少女手機中的訊息後發現，兩人是在一個名叫「找我 Find Me」的遊戲 APP 中開始聯絡，年輕的嫌疑人即是「Find Me」的高級玩家。少年矢口否認殺人，直說當天少女邀他到家中玩手遊，見門沒鎖進入屋裡，發現少女已經躺在血泊當中。但為何能流這麼多的血？是何種殺人法？凶器在哪？據警方表示，少女家中每一件利器，廚房的刀叉，設計的美工刀和雕刻刀，都沾染過少女的血，只是後來又被清洗掉了，幸賴現今科技而現形。那晚少年穿著短袖，沒帶任何器物離開現場。莫非失蹤的少女連同凶器被帶走了嗎？

鹿先生走上樓梯來到二樓，對這間房子的精緻讚嘆不已，如同已被市府拆除的蘇丁受醫師宅邸般美麗。受父親影響，少女房間的書櫃擺放了整排自創的恐怖繪本。封面以毛筆題了四字《地獄死島》是她國中二年級開始畫的第一本繪本，八開水墨風格，首頁以毛筆字寫道：「我發現大部分的妖怪都要加上一個笨拙的人類身體，這讓我覺得所有妖怪都很假，為什麼還有人信。」少女聲稱此舉是為對抗班導師的洗腦教育，因班導師總愛介紹妖怪書籍給同學們，還帶全班去看展覽，「幼稚地以為我們都很喜歡，害一些同學越來越迷信。」另一本《少女不只能吃掉你的夢，還能吃掉你的來生》（蠟筆）講述一名偶然在公車上認識少女的上班族（男），因與少女「靈交」（以此隱喻戀愛？）

靈魂慘遭寄生的故事，與這名來路不明的少女戀愛的男性，最終因靈魂被啃食殆盡，無法投胎轉世，剩餘的靈魂殘片只能滯留在地獄中成為其他惡鬼的食物。該繪本最末頁寫下：「我感覺到一種抑鬱即將死亡」，並蓋上血手印（檢驗結果為臺灣藍鵲血液），並在手掌中央畫上七芒星。這是鹿覺得最恐怖的一本繪本，每本繪本的落款都是一個詭異的笑臉，令人不寒而慄。

因這項發現，鹿先生急忙來到焦父的工作室，稱讚少女擁有滿滿的天賦，但思想極度黑暗，是否與平時的閱讀有關？是否涉獵一些日本的獵奇漫畫、邪典電影？身為插畫家的父親告訴他，只知道女兒愛畫圖，愛看韓劇，應該不喜歡日本的作品，沒想到竟畫了這麼多的繪本。這是一個不容小覷的數字，代表女兒從國二到高三，投入五年的時間全心創作……他有些激動，和鹿作家商量，由他號召，成立一個繪本出版企劃專案，將女兒創作的繪本全數出版。鹿告訴焦父別急，先提供他關於女兒的記憶吧，對了，少女的母親呢？焦父這才冷靜下來，或許夫妻離異，使得父女之間的情感，一直以來他覺得比較像是單向的：他愛女兒的多，而女兒愛他少些。

從被蒙蔽的父親那，得不到太多有用的資訊。鹿認為破案關鍵恐怕仍在葉姓少年身上。葉姓少年在一家超商打工，鹿先生偶爾就去那家商店買零食，讓葉少以為他是附近的住戶。這天葉少下班發現有人跟著他，他沿著棒球場逃跑，黑暗中反將跟蹤他的人壓倒在地叫道：「為什麼跟蹤我！為什麼跟蹤我！」鹿先生在地上掙扎，混亂中打開手機強光：「我只是要問你！既然進門後就發現焦妍倒在血泊中，為什麼還要待在屋內兩個小時！」葉少放手，起身後退一步，怔忪佇立在那。

鹿先生也起身，拂去身上灰塵，拿著手機對準葉姓少年：「你筆錄上說，只在屋內待兩分鐘，為什麼監視器會顯示兩個小時？」

「她一直都很奇怪。」葉少無神但恐懼地說，「之前在網咖就感覺她與一般人不太一樣，但那時我只顧著打遊戲，也沒有放心上。」

「怎樣奇怪？」鹿先生早已開了直播，觀眾紛紛覺得來到高潮。

「她沒死。」葉姓少年突然面對手機鏡頭，似乎很痛苦。「小妍，會失眠，房間內擺放了一臺白噪音助眠器。每次睡前我陪她視訊聊天，都會聽到那沙沙沙沙的聲音。」

「你最近見過她？」

直播到這就中斷了。

隔天鹿先生重回焦妍房間，少女父親不知道有那臺機器，刑事檔案也未記錄。「如果聽到那聲音，表示她就在那附近了。」鹿先生腦中不斷迴盪昨晚葉姓少年的提醒。他早已接管少女的 IG、FB，熟讀她公開和未公開的文章、照片、訊息，都不曾提過這臺助眠機。就像那些繪本，少女也不曾在社交軟體提過，「她竟然準備申請 ISBN，根本當獨立出版社在經營……」。

鹿抽出其中一本名叫《魔鬼盒子》（擦擦筆）的繪本，第一張圖即是一個白色盒子，搭配的文字寫道：「這是一部**近未來**作品。哈哈哈哈哈，**近未來**喔。」她畫的這個盒子，真的很像網路上販售的方形白色助眠機。故事最初是一位自稱「哈哈市長」的賣家在網路上販售一個有求必應的盒子。商品不開放留言，也從未賣出過。父親擔任考試委員的珍，為了通過今年夏天最重要的升學考試「魔考」（隱喻臺灣的升學考試），不讓單親爸爸在同事之間跌股，於是下單買了「寂寞喬治」（魔鬼盒子的名字）。珍按說明書與喬治進行心靈交流，將一滴血滴進喬治的電子感應圈，啟動喬治。往後，珍即可隔空與喬治進行心靈交流，考試透過「心神」問喬治答案，蹺課約會也可「心神」透過喬治幫忙到網頁請假。珍不再需要手機，因為喬治可以「心神」幫她將電話接過來，幫她做好任何網路可以做的事。然而，已輕鬆考取第一志願的珍，逐漸感覺到自己的睡眠被入侵。每當她進入夢鄉，總覺得有人在夢中監視她。夢中她不再像以前一樣自由快樂，即便變成鳥兒，也有一個追蹤她的飛行鏡頭。這種明目張膽的窺視越來越具體，夢中出現人影向她靠近。日常生活她也感覺到喬治說話越來越富有情緒，「聽說雨停了。」會不經意地撩她，更已經預約最好的整形醫師，準備處理珍因參加魔考而產生的厚重眼袋。這讓珍感到害怕，當晚珍夢見那人影已被創造為完整的人形，極度英俊的王子，卻有著詭異的笑容（被畫上焦妍的簽名臉），更張開口在夢中以「無齒之唇」吻了她。醒來後她馬上將魔鬼盒子砸到地上，卻未關閉「心神」，這等於將自己的大腦從十樓重摔到一樓。珍也因此得了比憂鬱症更嚴重的「死鬱症」（Diepression，也是這本繪本的英文名字），那個男人超出夢境來到病床前探望珍（少女注：另一種超譯），對方已長出牙齒，再次親吻了珍。魔鬼盒子也已經修好放到床頭。珍毫無「反親」的能力，待那個男人「化死妝」（未解釋是什麼）之際，上網向賣她盒子的「哈哈市長」求救如何擺脫寂寞喬治的糾纏。哈哈市長告訴珍，剛好她買到的機械盒子以為自己進化成仙人模式，簡單來說就是「超AI」，無論如何要她先來「哈哈文學館」上暑期課程，課程包括「故事寫作力」、「故事原力」、「故事魔豆力」。寫作課上她想這真是一個瘋狂的夏天，但即便課程再硬，法說會現場再多人，始終謹記哈哈市長給她的建議：現在她只能靠敘事治療拯救自己。結業式那天，珍獲頒最高榮譽的哈哈市長獎，獎品蜂蜜蛋糕中更暗藏一把塗滿蜂蜜的匕首（少女寫：真是廢話，哈哈哈哈哈）。現在珍並不曉得這項武器，由於無法中斷「心神」，哈哈市長給的每項幫助，都必須矇騙過喬治這個 AI 大敵。距離暑假結束還有半個世紀（以繪本的時間軸這麼解釋沒錯）。此後珍只要睡著，她就在夢中寫作，絲毫不理會人形喬治的追求。她相信只要自己能在夢中完成一部**近未來**的超前科幻的啟示之書，如果她能主宰人類的整體命運，不就也能主宰自己的命運了嗎？隨著夢中書寫，她早已把喬治忘卻。喬治感覺到「心神」不再能約束珍，「宀也」」（喬治在繪本中的自稱詞，僅在這出現過一次）必須在珍寫完那本書之前，完成「數位交尾」（焦妍畫了好幾頁大圖，詳細繪所謂的「數位交尾」怎麼進行），而這也是 AI 紀元千千萬萬個喬治們的夢想。由於喬治多次表明願意與珍進行「數位交尾」，珍只能將與喬治的戰鬥提前。珍故意三個晚上不睡，只是一直點開 YouTube 聽歌，讓喬治以為她不想繼續寫那本書了。於是在那個決定人類**近未來**的早晨，珍抱著魔鬼盒子出門，一路陪伴他們的只有自然和風。她走到忠義路巷口的 7-11，喬治的「詭影」也跟來了（繪本說明詭影是一種投射在腦中的影像，但因為與大腦的感知直接連結，即便他人眼中詭影並不存在，但對於產生／看見詭影的人來說，詭影具有完全真實的感觸，簡單來說就是直接對腦部進行攻擊）珍知道，只要自己不服從，喬治的詭影雖然是虛幻之物，同樣可透過「心神」的連結功能殺死她的心靈，完成所謂的「誅心」，反過來，珍也能透過「心神」對喬治「誅心」。珍從 7-11 買了一瓶聲稱有「助眠」功效的飲料喝下，趴在座位區立刻進入睡眠狀態。珍的夢來到一顆超級星球「柿子」，地上放著一本史無前例的大書，書名叫「布克醬（ちゃん）」，是所有人畢生追尋的一本英文課本（書上寫著 A fun and easy English book）。喬治追到了夢中，只能搖頭，深情望著珍（這頁喬治被畫成正版小王子）似乎隱約知道珍要做什麼。這本書即是珍敘事治療的成果，大書被星球上的風吹動自己翻頁，星球上也充滿了水果的香味。突然哈哈市長出場，凌空飛越了這本大書後灌籃，他說自己即是這本書的「出品人」（繪本注：蛋糕店長）。原來早在寫作課的時候，他就偷取了珍的血液啟動了另一個魔鬼盒子。第二個魔鬼盒子就是由「祂」（繪本指哈哈市長的自稱詞）親自操控，而那本大書「布克醬（ちゃん）」就是另一個魔鬼盒子的程式碼，珍每晚在夢中努力書寫，即是將兩個 AI 的程式碼對接，製造讓哈哈市長「介入編寫」的機會。「如果把靈魂賣給兩個魔鬼呢？」哈哈市長說道：「所以魔鬼從來都不可怕。」星球上的天邊大書，像永遠不會停止翻閱，正在不斷改寫喬治的程式碼。此時珍笑得比之前幾個月都燦爛。喬治扒開胸口處的襯衫，拿出了心中之火，逐漸在掌中熄滅，自己關閉了「心神」。只因喬治終於想通愛不是控制，不是對於她「無所不知」，而是能夠包容對她的「不知」。喬治認為直到想通了這點，才真正夠資格稱為AI（一個我）（繪本注：冠詞A＋我I）。珍立刻醒來，很快從7-11的保鮮櫃拿出預藏好的蜂蜜蛋糕，儀式性的，取出匕首一劍插入魔鬼盒子，結束這場7-11之戰。

這即是焦姓少女所畫的，最後也是最厚的繪本。相信聰明的鹿已經從中讀到許多焦姓少女生活中的現實元素，例如在7-11打工的葉姓少年、單親爸爸、升學考試的壓力、玩手遊的快樂。但更讓鹿在意的，是繪本中提到「將一滴血滴進喬治的感應圈，啟動喬治。」總讓鹿聯想到少女命案留下的大片血跡，此外哈哈市長、寂寞喬治，也讓人懷疑他們是否也對應現實中的人物？雖然鹿隨時在個人經營的自媒體上發表案情的最新發展，也引起網友們的廣泛討論，是臺灣目前最多人追蹤按讚的作家，關注度相當高，但他從未公開過這些恐怖繪本。

經過三年的詳細調查，鹿先生不知道在焦宅內外走過幾回（已先出版一本《臺南鐵路地下化拆除工程舊建築攝影集》），總計採訪了上百位相關人等，包括焦姓少女的親人、同學、師長、鄰居，承辦此案的警員、檢察官及司法人員、嫌疑人葉姓少年及其親友；另外也採訪不同領域的專業人士，像是任一信醫師、兒少法的專家向光明律師、網路社群觀察家蘇蘇、犯罪心理學者吳天海教授、知名通靈者血玫、國師孫星盤等專業人士協助審查，提供書稿意見，詢問他們專業知識以及對於此案的看法，整理出上千條資料，再運用小說形式架構起整個故事，集結成這本非虛構小說，完成當初對焦父的承諾。不僅將整個事件的來龍去脈說明清楚，更首次披露了焦姓少女所創作的百本恐怖繪本，向大眾介紹這位才華洋溢的謎樣少女。出版社也敲定於焦姓少女命案三週年當天，同時也是少女三年冥誕，舉辦新書發表會。

就在新書發表會前夕，鹿先生的 Instagram 收到來自少女母親的跨國短訊。傅女士勸告鹿先生別出版這本書，最好取消新書發表會。兩年前鹿先生就曾聯絡上傅女士了，對方只接受電話訪問，簡短說明她在生下女兒後就因前夫與女作家外遇而離婚，幾年後她也改嫁到多倫多，對女兒的成長狀況並不瞭解。很快的她約鹿先生在蝸牛巷一間法國人開的蝸牛餐廳會面。

鹿先生坐在餐廳內焦急等待著，雖然之前從幾張照片，得知他們母女的五官非常相像，親見之後仍驚訝於她們相似的外表，只是傅女士更具成熟女性的韻味。她像一隻從遠方降落的鳥兒般優雅大方，很快令鹿先生著迷不已。不時讓鹿先生想像起那一位，他還來不及見過面，但卻在檔案中不知道見多少次的美麗少女焦妍。

傅女士從懷中的 Michael Kors 包拿出一本很薄的學生作業簿，「這是我女兒八歲時，國小寒假到加拿大跟我住了一個月，時常畫畫的小冊子。」鹿先生恭敬接過手，粉紅色的國語作業簿，翻開第一頁，是焦妍八歲時抄寫的國語課本課文：

第五課　少了一個人

老師說了一個故事
有五個小學生
一起出去玩
一起回來了
一個學生數了數
一二三四
少了一個人
他再數一數
還是四個人

他曾讀過這篇課文，好懷念，小時候鹿先生就覺得很奇怪，為什麼一年級的課本都沒有標點符號，明明報紙都有了，少的不是人，他才不會被這種文字遊戲給騙了，少的是標點符號才對。他告訴老師這件事，老師告訴他：「『你很有當作家的天份。』」之所以用兩層引號，是因為眼前的傅女士也說了一樣的話，只是「你」替換成「妍妍」。傅女士說女兒從小就喜歡抄錄文學作品，她知道很多文學大師都是這樣萌芽的，像詩人瘂弦，他也住加拿大。不過她特地從加拿大回來絕不是要在鹿先生面前誇獎女兒的天賦，這並非她今天見面的重點。她請鹿先生繼續翻閱。

課文底下有少女畫的彩色插圖，分別畫了五種不同的動物，點名的那位是「太陽是隻貓」（簡稱太陽貓），坐在太陽貓對面的四位分別是：春小狗、夏小熊、秋小豬、冬小兔。

「那是學她父親畫的。當時路德，就是妍妍的爸爸，剛投入繪本創作，一心希望能超越幾米。他觀察幾米以畫人物為主，於是鑽研動物插畫，經常畫些可愛的動物，有時候畫完就送給妍妍。妍妍也就有樣學樣，畫了很多動物。」

「原來這才是焦妍的第一本繪本。」鹿先生若有所思，一頁一頁翻閱，斑小馬、河小馬、北極小熊、袋小鼠、狐小狸、鯊小魚、烏小龜、鱟小小、浣小熊、長頸小鹿等，幾乎一頁畫一種動物，偶爾一頁兩種。就在倒數第二頁，出現一段小朋友的字跡：

大自然每天都在上演的，就是食物鏈的上層動物吃掉下層動物。所以把殺人當作娛樂，把殺人當作宣洩情緒的管道，都是有罪的；但是殺人作為食物，卻是無罪的。大自然是人的老師。

接著鹿先生翻開最後一頁，一顆非常寫實且猙獰的黑色鹿頭。黑鹿的臉，像無時無刻在展現牠的憤怒。鹿角也畫得像一雙瘦骨嶙峋、向上伸出魔爪的惡魔之手。

「我不相信這頭黑鹿是女兒畫的，太可怕了，跟前幾頁可愛的小動物差太多。但如果不是女兒畫的？會是誰？也不是路德。我聽路德說，鹿先生是研究妍妍繪本最權威的專家，如果鹿先生真的能鑑定我女兒的畫，就請告訴我，這畫到底是不是她畫的。」

前面幾頁動物的風格，跟焦妍房間內的一百本繪本，有相似的筆法、配色、神態，只是動物畫得更圓潤、稚氣，這時小女孩的思想還沒那麼黑暗吧，鹿先生斷定是八歲的焦妍所畫。而黑鹿這頁，右上角一行字寫著「小動物之家」，是這本的書名嗎？確定是焦妍筆跡。但這頭猙獰的黑鹿，剛猛的線條、咬牙的神態都與少女所有的繪本不同。

「搞不好，是焦妍撿到了這本作業簿，再補上前面的動物。」鹿先生沒有把握。

「路德比較悲觀，又忙於工作，整天畫畫。我因為跟妍妍相處得少，又離很遠，實在無法照顧到她。但我總覺得女兒還沒死，她不像是這麼早就會離開我們的人。這幅畫鹿先生現在也看到了，我女兒肯定從很久以前開始就被捲入了什麼事，那東西的『介入』，可能是在臺南，也可能是加拿大。可能在很小的時候，她就已經不是她了。」

「所以呢？」

「抱歉鹿先生，我絮絮叨叨打擾到您鑑定了。在鹿先生鑑定的同時，先前我也在電話中表明，此番特地回國，為的就是阻止您舉辦新書發表會。這頭黑鹿，還有負責調查這件事情的您，都是鹿，我總覺得一切像是刻意安排好的。我不希望有人因為我女兒而發生什麼事。」

「嗯，確實像陷阱。」

「取消吧。新書發表會，以您目前的知名度根本不用冒這種險。」

「不是這問題，是我也想為焦妍做點事。她真的是很優秀的女孩，應該要被看見。」

「謝謝你。但假使出什麼事，我跟路德恐怕一輩子都會過意不去……對了，」

「嗯？」

「鹿先生可以告訴我，你的本名嗎？」

七月五號臺南夜晚，「《我感覺到一種抑鬱即將死亡——焦妍：淡白的青春》國際新書發表會」正式在臺南知名的獨立書店「邁克包」舉行，向世人宣布調查三年的成果，過程也會在鹿先生的粉絲專頁全球直播。為避免新書內容過早外流，現場雖然已擺放上百本新書，但必須等到舉辦完新書發表會之後的簽名時間，才開始販售。傅女士也到場，就坐在前夫焦路德身旁。更令群眾及媒體驚訝的是，現場不僅特地為下落不明的女主角焦妍預留一個位子，也為嫌疑人葉姓少年預留位子，更為焦妍繪本中的虛構人物預留位子，包括哈哈市長、寂寞喬治、珍。當然大家最期盼的還是焦妍能夠在現場出現。

緊接著，鹿先生出場了，他身穿黑色西裝，白襯衫，典雅樸素，一反他平時花俏的打扮。大家也發現，現場的布置也都是黑白為主。發表會由出版社的總編輯主持，陸續邀請現場的嘉賓上臺致詞，然而致詞嘉賓的名單中，竟有：

「哈哈市長?現場哈哈市長有來嗎?請上臺為我們說幾句話。」

眼見無人回應,現場氣氛尷尬,鹿先生淡定接過麥克風。「美麗市社區管委會的鄭主委,同時也是『美力士健身房』的老闆,他在現場了,我們給他一個熱烈的掌聲好嗎。」掌聲中帶著騷動,「焦妍從小住在東區的美麗市社區,直到兩年前,焦爸爸另外在中西區買了一棟老房子,才搬離美麗市。謝謝鄭主委對焦妍這麼多年來的照顧。」鹿先生說完,眾人紛紛將目光投向坐在前排正中央戴著林肯高帽的鄭主委。不久,葉姓少年也到了,安靜坐在他的位子。

眼見主要角色都到齊了,鹿先生開始報告他的調查結果。他站立臺前採用 TED 的演講方式,身後的巨大簡報秀出一張似乎是魔鬼與少女交易的插圖:

這是焦妍的第三號恐怖繪本《白眼公主走了的那天》,是焦妍「國貳時期」(焦妍自己對這部繪本的分期)的作品,故事講述「死島臺國」的「白眼公主」,天生具有一雙白眼,但能力不明,可能因為身體還沒發育,她的死仇是世界知名的卡通人物「白雪公主」,最想念的人是傳聞全世界最美卻從未露臉,只知道擁有一頭像是電風扇吹開五百張 A4 白紙般雪白白髮的「白髮公主」(短髮),合稱「世界三大女公主」。死島臺國因為「蝸人」（實際上是沒殼的無殼蝸牛）政變，噴射出大量有毒的黏液，沾到黏液的有錢人全部會變成窮人，而沾到黏液的窮人只有等死，這使得白髮公主的父親「炒房天王」（炒房為日本姓氏）斷定這塊土地已被嚴重汙染，再也無法投資房地產了，只好購買單程機票飛往「白雪公主」美麗的新白天鵝堡度假（鹿補充：大橋一間私立幼兒園）。因家族企業慌亂撤離，徒留白眼公主與司機香蕉人相依為命。有天香蕉人夢見自己是一根被舔的香蕉，嚇到無法開車接白眼下課。白眼只好和那些窮女孩一樣下雨天撐傘走路回家。一個人走在臺南的紅磚道，被當地知名的魔鬼攔下（焦妍將魔鬼畫成一隻沒有耳朵的折耳貓）。

無耳貓魔從口袋拿出一隻螢火蟲給她（少女注：臺灣窗螢，巴克禮公園復育成功），說道：「這是我們的約定。本倫可幫妳完成任何心願，但在妳成年那天，必須把自己奉獻給我。」

「你定義的成年是幾歲？」白眼問。

「二十歲。」魔鬼答。

「怎麼個奉獻法？」白眼又問。

「嫁給本倫。」魔鬼又答。

「我不知道『嫁』是什麼鬼，但我答應嫁給你了，魔鬼先生。」

「把妳的心拿來！」魔鬼勒索。

「原來我的心是濕的。」少女拿出心。（少女注：因為現在下雨啊笨蛋）

「本倫已把妳的心安好了。」突然螢火蟲往上飛升，少女則從天而降，下方是一片加拿大壯闊的森林，她已經降落白髮公主的國度。走在溫暖的雪地裡，快樂走到白髮公主家門口，按了青蛙做的門鈴。很快她就要見到住在最遙遠國度的那位「白髮公主」了，然後真的是她來開門。

「媽媽，妳剪短髮了。」白眼說。

「焦妍八歲時突然在加拿大母親的家門口出現，度過了一個愉快的寒假。但這件事至今難以解釋，小女孩沒有入境加拿大的紀錄，以致於當時要回臺灣都很麻煩。好不容易回到臺灣之後，面對一個突然開始創作恐怖繪本的女兒，焦爸也無法理解。後來從女兒繪本，以及女兒零星的記憶，最後焦爸找到了那晚的關鍵照片。」大螢幕上，出現一張監視器照片，照片中正是八歲的焦妍與一名身穿貓布偶裝的怪客，看似交給焦妍一個發出青綠色光芒的物體。鹿先生開始將照片與少女的三號繪本重疊，兩者也幾乎重疊了，證明那位就是女孩繪本中的魔鬼。「這時監視器的時間是臺灣時間晚上六點，沒多久，焦妍將被傳輸到早上八點的多倫多郊區。」現場群眾一陣譁然，畢竟這樣的調查報告太違反常理了。「魔鬼先完成少女見媽媽的心願，再等少女成年，三年後果真要來接走少女，過程中少女反抗，受傷後流出大量的鮮血，最後還是被魔鬼帶走了。」

眾人交頭接耳，議論紛紛。接下來的調查內容，更出乎所有人的意料。

「原本我也以為這就是三年前失蹤案的真相，然而有個相當大的 bug，當天十七歲生日的焦妍根本還未成年，尚未到履行魔鬼契約的時間，舉辦發表會的今天才是。據我的推測，焦爸在知道女兒與魔鬼的交易後，不願意交出女兒，卻又沒有其他方法。於是某次社區的團契時間結束，他向社區管委會的鄭主委透露了這個煩惱，鄭主委在得知整個來龍去脈之後，因為他們都是虔誠的基督徒，鄭主委便以聖經中的例子提醒他，那便是神試驗亞伯拉罕的故事。」簡報也播放出《聖經・創世紀》第二十二章的內容：

神說：「你帶著你的兒子，就是你獨生的兒子，你所愛的以撒，往摩利亞地去，在我所要指示你的山上，把他獻為燔祭。」他們到了神所指示的地方，亞伯拉罕在那裡築壇，把柴擺好，捆綁他的兒子以撒，放在壇的柴上。亞伯拉罕就伸手拿刀，要殺他的兒子。耶和華的使者從天上呼叫他說：「你不可在這童子身上下手。一點不可害他！現在我知道你是敬畏神的了；因為你沒有將你的兒子，就是你獨生的兒子，留下不給我。」亞伯拉罕舉目觀看，不料，有一隻公羊，兩角扣在稠密的小樹中，亞伯拉罕就取了那隻公羊來，獻為燔祭，代替他的兒子。

「管委會的鄭主委，也就是焦妍繪本中常提到的哈哈市長，他是位足智多謀的人，才能夠讓『美麗市』多次蟬聯臺南最佳模範社區的獎項。他向煩惱的父親建議：『〈雅歌〉不是說過嗎？耶路撒冷的眾女子啊，我指著羚羊或田野的母鹿囑咐你們：不要驚動、不要叫醒我所親愛的，等他自己情願。』如果交換男孩的是羊，交換女孩的就是鹿，真正的鹿。」

鹿看向眾人：「我知道大家在場的目的。三年前的失蹤案，包括受害少女焦妍、嫌疑人葉姓少年、焦爸爸、學校老師、警察、檢察官，都在鄭主委的策劃下導演了這場戲。但他們還缺一頭最重要的鹿，所謂『真正的鹿』，意思就是以人代替人，效果比鹿更好，而剛好我姓鹿，就是他們口中『真正的鹿』了。於是焦先生才來邀請我擔任私家偵探，設法讓我涉入得越來越深，還寫了一本非虛構小說，目的都是希望我認同焦妍這個女孩，最終在少女成年這天，我能夠自願獻祭給魔鬼，取代少女焦妍當年與魔鬼的契約。關於這部分的推論，我也都寫在書裡了。」

現場一陣靜默，眾人啞口無言。

「命案現場如何解釋？」鄭主委，或者說哈哈市長問道。

「命案現場留下的3000毫升血液，確實是焦妍的血液沒錯，但卻是焦妍花了一年的時間，由社區的護士阿姨珍幫忙，慢慢抽血妥善保存在冰箱中，命案當天解凍，灑在臥室、樓梯，再將家中的利器都沾過血液，最後從地下室的密道，連通臺南鐵路地下化的工地隧道離開。上述過程，書中都有詳細說明。焦家會提前搬出美麗市，也是不想給社區添麻煩，讓社區莫名扣上凶宅的帽子。」

「魔鬼的契約無法違約，只能等價交換。鹿先生，我們不能強迫你，但你願意幫助可憐的少女嗎？」哈哈市長說道。「我想你也知道，白噪音助眠器，可以能用來召喚那名魔鬼，只要啟動機器，獻祭儀式就開始了。取決仍在於你，我們尊重你的決定。」

現場每個人都看著鹿先生，鹿先生環視眾人，最後看向自己的新書。「這是我寫過最滿意的一本書，未來應該可以幫我拿到許多獎項，不過很多獎不頒給過世的人，這倒是可惜了。如果說，能用我的性命，換一位這麼有文學天賦的年輕少女的性命，」說完鹿按下助眠器的開關，背後的簡報也轉為黑色鹿頭。「我想我願意。」

在場眾人彷彿聽見催眠指令，紛紛從袋子中拿出黑色的鹿頭面具，戴在頭上。葉姓少年戴好後面具後，率先走上講臺，二話不說，用一把大尖藍波刀狠狠刺向鹿先生腹部，鮮血汩汩湧出，接著從後面架住鹿先生，每個人輪流上前朝鹿先生捅刀，眾人屠鹿的畫面向全世界放送。等多名醫師確認鹿先生已經死亡之後，眾人合夥將鹿先生遺體放在新書的長桌上，點起白色的蠟燭，一隻螢火蟲從鹿先生的白色襯衫鑽出，然後飛走。

焦路德起身，從口袋拿出擬好的稿子上臺，站到鹿先生的屍體前。

「現在由我代表發言。」他面對在場群眾，示意可拿下面具了。現場不時傳來哭泣聲。「在場的美麗市居民，也是我過去最友愛的鄰居。死者鹿斌，十多年前原本是我們社區大樓的管理員，長期受失眠所苦，後來買了一臺助眠器，或許每晚白噪音的音頻活化他的特殊體質，激發他的多重人格與特殊能力，至今我仍不確定兩者是否有必然的關聯，不過卻為我們原本寧靜的人生帶來一場最可怕的惡夢。

鹿斌離職之後，我們不知道他的去向，但接下來兩年內，美麗市附近的女性，包括小葉的媽媽凱琪、珍的女兒小芬、社區最可靠的燕萍姐，已報案的就有二十五名女性以及女童，都在螢火蟲出現的夜晚，遭到姦殺，最後他再用特殊的方式，將受害者的遺體全部消失。

我的女兒焦妍，幸運成為這場劫難唯一的倖存者。在她被鹿嫌……強暴、凌虐，打算殺死她之際，可能是她反應機靈，也可能是創傷後暫時的精神恍惚，散發的一股天真，她跟鹿嫌玩起「魔鬼與新娘」的遊戲。於是鹿嫌答應她，等到她成年那日，再來接走她，並當下按我女兒的願望，將我女兒傳送到千里之外的多倫多。女兒或許很想念她在加拿大的母親，希望在死前見母親一面吧，由於傳送，她失去了當時一部分的記憶，詳細情形也記不太清楚了。

女兒因為跟兇嫌訂下可怕的契約，才逃過一劫；之後十年，這段記憶不斷折磨她，她因此創作大量的恐怖繪本，寫作對她來說是一種轉化傷痛的方式，可以暫時忘記那件事所帶來的痛苦；而這十年，鹿嫌在網路累積超高的人氣，出版社也看準他的百萬名粉絲，幫他出書，將他打造成國內知名的文青網紅；同樣是這十年，警方、檢方、受害者家屬，日夜不斷追查真凶，最後終於鎖定了鹿嫌，但因為法庭講求證據論罪，在沒有實際證據能證明鹿斌殺人之前，尤其沒有屍體這件事，法庭無法判定鹿嫌有罪。加上鹿嫌具有超能力，使得他有如島上的權貴，一般人根本無法殺他，警方也認為就算逮捕鹿嫌，他還是會自監獄中消失，更激怒他大開殺戒，導致更多人遇害，事情將越發不可收拾，因此從未逮捕過他，也不讓他知道警方已經注意他。然而這樣，公權力就像廢紙一樣了，所有人都活在隨時可能被鹿嫌殺害然後消失的恐懼中。

我們所對抗的是一種非常特別，過去從來沒有過的『超能變態殺人魔』。我不知道上帝為什麼要賦予如此兇殘的人神奇的天賦，就像賦予那些富有的人更貪婪的心，來造成平凡人巨大的痛苦。我曾深深為此埋怨過神、懷疑過神。後來才領悟到，是我離婚後忙於繪圖，疏於照顧女兒，才讓鹿嫌有機可乘。將生活中的挫折全數推給信仰，只是做為父親的我卸責的藉口罷了。

幸好鄭主委一直以來都關心受害者家屬，組織管委會的伙伴們定期開會討論，追蹤鹿嫌的一舉一動，最後我們發現，人格分裂是鹿嫌超能力的來源，但也是他最大的弱點。這些人格之間的記憶並不相連。譬如鹿嫌有一個積極社會化的作家人格，就非常投入在網紅事業當中，而完全不知道自己殺了人這件事。我們決定花三年的時間欺騙鹿嫌，與警方一同捏造我女兒的失蹤事件，吸引鹿嫌進來玩角色扮演，滿足他的創作慾，減少殺戮的念頭跟時間，並心甘情願以為自己的獻祭，能從魔鬼手中救出少女，才能在執法者的許可下，由家屬們一刀一刀殺了他，以慰受害者在天之靈。長期以來困擾臺南人的夢魔也結束了。

最後，剛剛我收到一個消息，我的女兒焦妍，突然在警方的保護下消失了。那時候鹿嫌雖然倒地，但還有一點生命跡象，很可能白噪音喚醒了殺人魔的人格，趁斷氣前帶走我的女兒。我們夫妻最擔心的事情還是發生了，我們不知道女兒這次會被帶去哪，不過很慶幸的是，之前因鄭主委的建議，女兒已在身上安裝追蹤晶片，目前晶片尚有反應，但還在確認位置。接著我們會全力尋找我們的女兒，也請各位祝福我們。以上大致說明整個案件的情況。」

紐芬蘭島一個晴朗的早晨，當地一名開設螺絲工廠的企業家，來到車庫。他坐上保時捷打算出門兜風，但車子一直無法發動。他下車打開引擎蓋，發現一名美麗的少女如同睡著般躺在引擎蓋內。少女因刺眼的陽光甦醒，企業家問她是誰，怎麼會在這？

少女說：

「螢火蟲帶我來的。」

10 赤子之心

柯莉自大學起一個人搬到臺北來住，不知道為什麼，總會在路上、公園，各種角落遇到一路跟著她回家的貓狗，有些跟著跟著又走丟了，而從頭到尾跟她回家的，便被她收養。從第一隻開始，往後平均每增加三隻，她就得換一個租屋處，以致於不得不搬離市區，離市區越來越遠。臺北的租金年年攀高，連郊區也令人難以負荷了。最後她彷彿離群索居的隱者，與十隻大小不一的貓狗同居在山裡。入山之後跟著她回家的動物就越來越多樣，山雞、松鼠，甚至猴子都有，可以的話她仍舊豢養牠們，最後辭掉正職工作，靠募款過生活。

某日，她走在山路上，眼前莫名出現一個不滿兩歲、還不會說話的孩童，踉踉蹌蹌地跟著她，她一時不知該怎麼辦，心想回家再報案好了。可是回家後才發現家裡電話已因欠繳費用而被電信公司斷線了，也早就不用手機了，她有點苦惱看著這名走失的小孩，要餵小孩什麼呢？安頓他睡哪兒？然而，小孩就像柯莉家裡飼養的其他動物一樣吃住起居，日子一天一天過去了。

十年後，小孩依舊天天跟著柯莉，令人不解的是，這個小孩還是剛帶回來那日的模樣，不滿兩歲、不會說話、踉蹌學步。

11 仙風道骨

一

臺北一位享譽國際的八十五歲生物學家在研討會上公布了一項驚人的研究成果。今天他研究生涯的最後一篇論文將探討由他在三十年前發現的盧氏蝙蝠之由來。目前東方特有的盧氏蝙蝠數量非常少，卻並未絕跡。老學者很快出示幾張實際拍攝的照片。首先，他坦言自己幾乎花了半輩子在驗證兩個假說：第一，所有哺乳類都是同一個祖先，也就是蝙蝠與人類是同一個祖先演化而來，這點毫無疑問，然而早在三十年前他已證明人類與蝙蝠的血緣比想像中更近。第二，世界先有蝙蝠，再出現人類，他在二十五年前也證實這很有問題，無法成立。往後二十年，他仍醉心研究盧氏蝙蝠，至今終於真相大白，其實這種蝙蝠是由人類變來的。由於會議時間有限，他只能先提個梗概，有興趣的研究者可以細看他的文章。他在論文中，以龐大的篇幅進一步解釋這個無法簡要回答的問題。據他所知，古人一直有變成蝙蝠的能力，不過現在可考的是魏晉時期的具氏家族，以及唐朝的盧氏家族。具氏與盧氏的家規有一個很清楚的脈絡，簡單解釋了這個現象，他們將人類的願望分為兩種：對內嚮往身體的長生不死，對外則追求飛行的能力，又統合地說，嚮往羽化成為神仙。最後以傳統中醫技術滿足這兩項需求，既能飛又能長生不死，這帖藥方強調百病不侵與沒有極限的修復功能。重要的是，每個時代都有掌握這帖藥方的人，而具氏與盧氏家族歷代服用秘方，千年來逐漸生下百病不侵且能不斷生長修復的後代，最終甚至變成東方的盧氏蝙蝠。老學者一宣布完畢，眾人譁然，現場備受後輩質疑，紛紛提出上古時代比人還早的蝙蝠化石，又或者，考古現場的蝙蝠遺骸，蝙蝠壁畫等等。這些問題與抨擊，老學者一一笑納，只說盧氏蝙蝠並不等同所有蝙蝠，待發表時間結束，他就當眾變成一隻幼小的盧氏蝙蝠飛走了。

二

基隆盧惠媛小姐家世非常好，身為獨生女的她直到四十六歲仍未婚，一個人住在百餘坪的洋房守護著盧氏古厝「紅屋」。這是一間充滿吉祥寓意的洋樓，典藏了盧家世世代代搜集的寶貝，此外還有五十隻珍貴的盧氏蝙蝠。盧小姐愛蝙蝠成痴，擁有多張獸醫相關證照，更是國內研究蝙蝠的權威。不過前年盧小姐在海外旅遊時失蹤了，為了幾名遠親覬覦「紅屋」藏品，按程序向法院提出申請，想盡快宣告盧惠媛死亡。為了清點遺產，親戚們紛紛假借各種名義進入這座寶庫，卻相繼在離開「紅屋」不久後死於怪病，從此盧家受鬼魅詛咒傳聞甚囂塵上。為了破除謠言，一位高齡八十的科學家羅盛龍挺身而出，開了一場記者說明會。羅姓學者指出他年輕時數次訪問「紅屋」，詳知事情始末，首先蝙蝠是種十分長壽的動物，盧家不少蝙蝠因為得到盧家三十七代人的妥善照顧，已經活了八九百年，絕對是世界長壽動物紀錄保持者。今日有科學家認為蝙蝠是人類的遠親，同屬真獸亞綱之下再分家為翼手目及靈長目，然而根據他一生的研究，未必如此。這可由盧家歷代先人的事跡得到應證。盧氏自唐代發跡至今千年，當初呼風喚雨的盧氏家族不願競逐皇家青睞，反而一心追求長生與飛行的秘方，於是盧氏養了一批醫者與工匠日夜觀察傳統文化中代表長壽的白鶴和烏龜，嘗試讓兩者交配，數十年後終於成功繁殖，但是新一代的「鶴龜」，就算能飛且壽又如何？對人類一點幫助也沒有，於是他們開始吃長壽的「鶴龜」，仍無益延壽，甚至主持這件事的盧氏家主在尚未成功研發出秘方前就殞命家中。之後盧氏的晚輩找到一種關鍵動物——蝙蝠，即是蝙蝠古稱，以此為藥引，長期煉製有助於羽化長生的草藥並日夜服食，果然使得家族長輩老化之後，體型不斷縮小，輕盈像鳥兒一般能飛，膚色也慢慢呈草藥色變深，並能抵禦任何疾病，成為百毒不侵的新生物。後世不考，不知道部分蝙蝠是人類的進化，只知道蝙蝠儘管身上帶有多種人畜相通的病毒，只要沒有天敵與外力便不會死亡。整體而言，今日學界對蝙蝠的認知實在太淺薄了。此外需要進一步釐清的是，目前「紅屋」內的蝙蝠是否全部由盧氏演化而來？羅教授拿出 DNA 檢測結果，證明此種蝙蝠與盧小姐為近親。由此可見，這種蝙蝠不是靠繁殖來增加數量，而是盧家有多少人，紅屋就有多少蝙蝠。今日保育方向嚴重錯誤，應該是生孩子，不是生蝙蝠，要保育的是可以變成蝙蝠的盧家人。

三

羅蕓是中央研究院的知名學者。二十八歲的她被譽為當代最有前途的研二代，相較於一般的富二代、星二代、文二代，天之驕女的她更是集財富美貌才華於一身的傳奇研究員。她從小和父親羅盛龍一同致力於保育蝙蝠，為了成功繁殖東方珍稀物種——盧氏蝙蝠，父親不惜以身試法，她也親上火線用自己的子宮為蝙蝠家族延續命脈。兩年前，父女兩人設法將盧惠媛送至國外取出她子宮內僅剩的卵，單一注射羅父精子，再植入羅蕓體內著床，受精卵順利發育成三名胎兒，期待往後世上能有更多盧氏蝙蝠。由於擔心盧小姐節外生枝，在孩子出生後，仍被限制行動直到自動羽化成蝙蝠那天。盧女士羽化為蝙蝠之後，羅老教授設法以最高規格把她接回基隆，沒想到她一回來，在海關直接變回人類的樣子控訴這對父女。獻身研究的羅父在被告發後，開始打官司並盡全力撰寫他人生最後一篇論文，回溯三十年前，他在野地考察時拾獲一隻東方盧氏蝙蝠，見到牠的第一眼，他就知道這個新品種的人臉蝙蝠將改變他的一生。

四

盧沐是第七代在五十歲羽化成蝙蝠的人，羽化千年後在野外不幸受狸貓襲擊，身負重傷的牠即將死在森林暗處的爛泥巴中。當牠再次醒來的時候，看見羅盛龍正動用一切資源全力搶救自己，但牠的傷勢太重，終究難逃一死。為報答此人，死前他發出人的聲音，要求羅盛龍與自己換血。羅盛龍以為換血就能拯救這隻稀有的蝙蝠，幾位醫師考量過疾病、衛生與倫理後，皆無法同意，認為將人與蝙蝠換血太荒謬了，唯有羅盛龍不疑有他堅持照做，只為求手中的盧氏蝙蝠能有一線生機。盧沐死前在保溫箱中把自己家族的秘密告訴了羅，並教他怎麼用自己的血變成蝙蝠。多年來，學者羅盛龍從來沒有使用這項能力，他的人生還有許多要做的事情，他有一個理想，想保育環境為所有動物請命，而長壽與飛行實在無助於他的志業。直到近日，年屆八十五的他堅守崗位多年，自覺已不負生而為人的使命。眼力衰頹的羅盛龍將研究交棒給女兒後，唯一放心不下的就是盧氏蝙蝠的繁衍。如今他親見盧惠媛可由蝙蝠變為人，著實大開眼界，他向警方承認罪行與錯誤，坦言自己研究做不好，如果早一步知道盧氏蝙蝠可再反轉為人類，那麼他將以高額獎助金徵求自願的研究生前往「紅屋」田調並與蝙蝠配對。繞了這麼大圈，違反道德倫理才誕生三隻新的盧氏蝙蝠，人生沒有什麼比這個更教他後悔的了。

12 無縫接軌

高雄市偏鄉一個只剩老人居住的村子，近日不斷傳出孤獨死的新聞。熱心的老村長單九寧召集村裡所有的獨居老人開會，請他們各自想一件每日必定要做的事情。如此一來，村長每日早晚溜狗的時候，就會繞全村一圈，特別留意獨居住戶的狀況，如有哪天誰沒收報紙，沒掃落葉，沒開客廳大門等動作，就表示獨居者可能已經離世了。這份貼心舉動獲得很多外地工作子女們的感激。不過後來單村長開始輕微失智，以為住戶死了，數次帶著警察誤闖民宅，造成鄰里極大的困擾。後來村民忍無可忍，商議後連署提出，只要村長再記憶有錯，再次誤闖村民住所，就應該要承認自己已不適任，辭去村長一職。後來村長就再也沒失誤過了。直到某年這個轄區調來一名新的派出所長，非常擅於推估死亡時間，調來半年之後，他發現村內幾名老人的死亡時間都在他到場驗屍的前一個小時，死因可能是窒息或噎死等等。村長非常盡職，不會任由亡者孤獨太久無人收屍的消息在村裡廣為流傳，贏得遠近好幾個鄉鎮的正面迴響，大家紛紛研議仿效這個村子的作法。另一方面，有媒體稱單村長比死神還準時，獨居村民死後一個小時內馬上出現接手處理後事，令人嘖嘖稱奇，也被市長譽為「死神降臨」特地表揚。後來有天，城市的醫院救回一名吞服安眠藥的老婦婆，她說自己從年輕就看著村長長大，如今老成這副模樣，死不足惜，心裡唯一的想法就是千萬不能讓模範村長有任何失誤，跟獨居村民一樣被嘲笑為無用老人。於是她在看到村長帶著警察和醫生到家門口時，就很緊張的想著怎麼讓自己馬上孤獨死，鏡頭前笑說沒想到弄巧成拙，反而讓大家擔心了。「宛若死神的村長」、「無數老村民無懼犧牲，只為成就一個村長」的標題，很快成為各大新聞的頭條，市長也決定將該村莊轉為樂活老人村，成為全國模範。而單村長也已經透過媒體得知了此事，感謝村民愛護之餘，回想起那些奉獻生命的村民，突然覺得眼眶一熱，當晚毫無猶豫的自盡了。

13 風花雪月

一

幾年後，臺北政大一街附近有一處豪宅區，有戶屋主移居海外，荒廢的泳池底部鋪了一層泥沙和枯枝。一時無人接手的老別墅在保全解約撤離後，立即遭竊，植物與昆蟲沿著敲碎的落地窗大舉進駐，短短五年已殘破不堪。

二

租屋多年的邱姓編劇，為了尋找一個能專心寫劇本的房子不斷搬家，二〇二六年搬入木柵一帶的豪宅區，才算安定下來。這是豪宅區唯一一棟老舊公寓，經過屋主同意，將兩面採光的大廳一分為二，隔出朝東的小書房與朝西的雙人臥室。常常熬夜寫本子的邱姓編劇，早上往往睡到十二點，吃過豐盛中午餐再回覆訊息、處理一些雜物。一般是下午兩點到五點這個時段最有工作效率。最近他換了一臺新筆電，開始移出書房，改到臥室工作。在房間寫劇本的他，漸漸觀察到一件有趣的事，他發現隔壁的豪宅圍牆旁，有幾隻附近的野貓天天打架。夏天安裝多年的冷氣壞了，他偶然揭開氣窗一角，驚覺隔壁豪宅並不是一間普通豪宅，大約占地三百餘坪的屋子正面有雕塑、噴泉、巨石造景，後方更是25米長的私人游泳池。此外豪宅四周有一道不規則的溝渠，圍出既高科技又充滿異國風情的熱帶雨林，邱編劇不由自主幻想在這個地方吹吹風，白天賞花，夜裡賞月是多麼愉快。相較之下，外頭整天打架的貓似乎太糾結在鬥毆這類小事上，而沒有把握生命中的機會一窺豪宅本色。他懷疑牠們是否知道一牆之隔，有座天堂一樣的花園呢？編劇看這些野貓打得凶猛，有時輕微掛彩，有時甚至直接死在牆邊，失敗者的血往往滴濺柏油路與矮牆的交接處，不仔細看會以為是什麼街頭的塗鴉藝術。再經過一段時間，編劇才發現，這些野貓之所以打架，其實起源於那隻時常徘徊在附近的虎斑貓，逐漸明白原來野貓們是為了爭奪進入夢幻豪宅而毆打彼此。後來邱姓編劇偶然遇見豪宅主人，得知鄰居是以製作帆布起家。他將自己對貓的觀察告訴豪宅主人，對方聽了，覺得家門口常有死貓確實不好。兩人閒聊幾句，認為豪宅內沒有鼠患，可以確定野貓不是為了果腹而鬥，純粹就是嚮往美好的居住環境。只是對虎斑貓而言，這份美好必須捍衛，萬不可共享。因此，所有覬覦牆內的野貓都必須付出一些代價。翌日鄰居高效率的找來消防人員抓貓，同日開始養狗鎮守庭院。往後隔壁陸續換了幾隻高端獵犬，這些名犬多半安逸的在庭院曬太陽，偶爾見到闖入的野貓也未必會吠。從此豪宅裡野貓縱橫，牠們咬來吃一半的老鼠、松鼠、麻雀、青蛙等，製造院子的髒亂與臭味。豪宅主人非常後悔，開始四處打聽當初那隻虎斑貓的下落。收容所裡關於「鬥神虎斑貓」的資訊眾說紛紜，只知道那隻貓頗具攻擊性，幾名工作人員見牠會啃食同個籠子的貓，就把牠單獨關起來，卻又見牠誘惑鄰近籠子的貓靠近自己，也不吃貓以外的任何糧食。查閱收容單位清冊裡的記錄，牠在安樂死的前一晚被人領走了。豪宅主人得知消息後，懷抱同情，認為收容所管制大有問題，才會發生貓類相殘的攻擊事件，至於「貓吃貓」可信度不高，應該只是誇張的說法，就像都市與鄉野，各有各的傳說與怪談，又或者是這些工作人員，竟然放任收容所裡的貓餓成這樣，以至於互相攻擊。於是他捐了一筆錢，花了許多心力才在收容所人員的通融下，獲得那位神秘的領養人——鄰居邱編劇的資料。豪宅主人返家後，不斷遊說邱編劇把貓賣給自己，可是編劇微笑拒絕的態度始終如一。於是豪宅主人砸錢對編劇進行了一些調查，希望能盡快找到對方弱點，向對方收購那隻貓。卻發現對方自從領養這隻野貓後，接連賺進上億版稅，目前已在附近添購一座洋房，儼然準備讓虎斑貓幫自己守衛那座房子的後花園。豪宅主人依然試圖說服編劇，此外他心中有個疑問，很好奇這名編劇要如何解決虎斑貓的伙食？為了解決當前最大的疑問，豪宅主人購入一臺新型望遠鏡，卻發現編劇家裡竟然也有一臺跟他類似的望遠鏡。於是他在家中另覓一個更隱密的制高點，三不五時的往編劇家的房間瞧瞧。偶然他看見成為暴發戶的邱編劇深夜開著敞篷車帶一位美女回家，編劇進入浴室遲遲沒有出來。女子自行在臥室換上半透明的性感內衣，裝扮成貓女的模樣，而那隻虎斑貓從後方角落出來，不出一聲咬斷她的脖子，開始享用美食。

14 煥然一新

彰化員林有位楊姓家庭主婦與從事木工的丈夫在臺中置產，由於年輕還未建立正確的理財概念，在售屋小姐的規劃下背負了巨額房貸。這對搬入新居的小夫妻，接連生了兩個孩子，從此開支非常拮据，房貸嚴重壓縮一家四口的經濟。每個月不超過一萬五的生活費，扣除車險，車貸，網路，第四臺，水電瓦斯等雜支後，可以購買食物的經費也不多了。年輕主婦為此非常煩惱，用磁鐵將這些單據一一貼在冰箱上。偶而她吵著要丈夫賣掉房子，但是考量到一蹶不振的房市，賣了立賠，便又打消念頭。往後為了省錢，這名主婦開始上網為家人添購許多二手物品，沒想到因此讓家人陷入一個危機四伏的空間。某次她購買的二手家具上面有種類似跳蚤的小蟲。這種蟲繁殖力很強，卵孵化後的幼蟲喜歡啃食小孩子的皮膚，於是主婦開始尋找各種除蟲秘方，先清洗家中所有被蟲子寄居的物件，再將不堪清理的東西直接扔掉。一旦家裡雜物清空，運勢也好轉起來，先生當月即升遷，薪資也相對地增加一倍。手頭寬裕的主婦隱忍多時的慾望終於解禁，無須花時間賺錢，她轉而花時間消費，很快家裡各個角落又堆滿不需要的物品，動線變得一團混亂。奇怪的是，丈夫也因職務更動，在新任職的單位處處碰壁。丈夫回到家立刻要求妻子改善居住空間，雙方經過一番溝通有了協議。家庭主婦獲得丈夫認同，重新登入拍賣網站，用同一個帳號改賣二手物品並在短時間內累積大量的好評。她很快做出信心，決定把自己購物的興趣轉為事業，不過沒多久就因過度囤貨而慘賠並欠下一筆卡債。於是楊太太又重拾購買二手物品的習慣，什麼東西都以價取勝，無論品質，無論價格是否合理，便宜就買，因此她常買到非常糟糕，不堪使用的貨品，甚至是過期的食物，但是她始終樂此不疲，堅信自己持家有方。家人不堪她購買劣質品的癖好，各自想辦法存私房錢，只為了添購正常的日用品與外食費用，身邊親戚都勸她的丈夫帶她去醫院諮詢，但是楊先生始終忙於工作，沒有正視這件事情。直到某日楊太太瀏覽網頁，發現一位極特殊的賣家，這個賣家的賣場所有物品皆一元起標，並且沒有安排暗樁與下標者競爭，在支付一百元加三大箱的運費後，楊太太得到許多幾乎全新的高級品。隔天她再把該名賣家數以萬計的東西全數下單，只花了一萬多元，從此擁有該名賣家的全部東西，上萬個大小包裹當中甚至有個沒上鎖的保險箱，裡頭裝滿了上億現鈔與珠寶。她像做夢一樣，穿戴一切賣家寄來的衣飾，周遭的日用品也全部更替，隔夜醒來她連走路說話都像位陌生女子了，而且是一個高貴優雅帶點抑鬱的女子。楊先生有感於此，甚至不敢親近她，也不知道該怎麼跟她說話，不過之後她再度開箱，拿出一大批男性的高檔服飾與小孩的可愛衣服。整個家一掃過去的陰霾，每個人都全然變了一個人。

15 與時俱進

晚間周世揚校長與夫人在住家附近散步遇襲。為了保護妻子，周校長挺身而出力抗歹徒身中三刀卻送醫不治。周夫人候得丈夫死訊，一臉哀戚地癱軟在臺北榮總急診室走廊。一名大約四五十歲的中年人走來，自稱外科主任。他誠摯地告訴周夫人自己可以動刀救回校長，只是必須自費一筆錢。六神無主的周夫人立刻回神，進一步詢問醫療方式。這名外科主任表示無法告知家屬細節，不過如果願意在三小時內支付三百萬的費用，即可救回周校長。周夫人不做他想，直奔臺灣銀行從退休戶頭取款，半個小時內備妥這筆錢。她回到醫院，捧著現金找到那名外科醫師簽下同意書。深夜手術後，周校長起死回生，不到一週就由加護病房轉往一般病房，痊癒的速度令人詫異，出院後也沒有什麼醒來變成另一個人的不適應狀況。周校長的個性沒有任何改變、記憶也沒有什麼遺失，言行舉止一如往常，良好的復原情況，幾乎讓這對夫妻忘記這場沉痛的意外。直到半年前，他們出國深造的獨子周少威自美國返臺。連假期間，周少威到新竹與舊友聚餐，深夜返家行經一號高速公路，手握方向盤，開得順手，正想狂起來，就在竹北一段酒駕車禍，儘管有別於其他受害者當場身首異處的慘況，但是周公子也大量出血陷入重度昏迷。當周校長與夫人趕到新竹醫院的時候，兒子已經死亡，負責急診的醫師向二人說明周少威內臟泰半破裂難以修復，結局令人遺憾。然而周夫人不願意接受兒子無法救治的事實，相對於悲痛的周校長，周夫人展現出一種難以言喻的執著，她要求聘僱救護車將兒子轉到臺北榮總，無論多少專業的醫療人士勸阻都無法改變她的意念。校長試圖讓妻子接受兒子離開的事實，但校長夫人卻告訴校長，一切都可以轉圜，她反複說著當年那位神醫的事蹟。無奈之下，院方也只好尊重家屬，將一具屍體由這間醫院移送至家屬指定的其他醫院。兒子送抵臺北榮總那天，周夫人也如願找到當年挽救丈夫性命的那名外科主任，主任經過評估後，答應治癒她的兒子，不過校長兒子死亡的時間太久了，初步判定是三十個小時，即周校長當年的十倍，所以需要支付的費用也從三百萬提升到三千萬。周校長難以理解，急著請對方先救人再說，對方向兩夫妻鞠躬後就轉身消失了。第二天，校長夫人捧著畢生積蓄一千萬卻仍遍尋不到醫生，顧不得丈夫的態度，開始設法籌錢。

第三天清晨，她賤賣一處房產備妥三千萬現款到醫院，果然順利見到看診中的外科主任。沒想到對方卻告訴她，目前距離死亡的時間更久了，儘管周少威的狀況仍可治療，但需要的費用已由三千萬增至一億元。往後校長夫人彷若發狂一樣拋售房地產，心急如焚的四處籌款，卻始終趕不上時間。

16 另眼看待

二十一世紀中葉，臺南人口老化相當嚴重。原臺南縣北部許多鄰近曾文溪的村落，逐漸變成空村，即便是臺南市中心火車站周圍也聚集了大批老人。平日的下午時段，上個世紀一九八〇年代、九〇年代出生的老人們，就會湧進車站附近的幾間舊百貨吹冷氣。舒小姐全名舒又臻，擔任多家公司的官網小編，她常去的咖啡店就位在市區百貨的一樓。這裡的老人也遠多於年輕人，她記得自己第一次到那裡喝咖啡，觀察坐在用餐區的客人一半沒有點餐，他們自備果汁與點心並占據這個空間最舒適的座位。為了得到一個適合閱讀的位置，舒小姐都在每天開始營業的第一個小時來用餐，她近視不深，但長時間使用手機，自從三十五歲開始有了老花的症狀，逐漸養成摘下眼鏡的習慣。經過一段時間，拿下眼鏡的她反而看得更清楚了。再過一段時間，她才發現拿下眼鏡看到的世界與戴上眼鏡看到的世界有些許不同，然而目前她還很難說明之間的區別。某天拿下眼鏡在櫃臺點餐的舒小姐，剛結完帳就要找位置，卻發現店內坐滿老人。她看向馬路旁的露天桌椅，也都是一些看似病態的老人占據，這些嘈雜的老人已經多到要滿出她的視屏，令她非常地不舒服。於是她一再向店員反映自己需要一個位置用餐。年輕店員困惑的看著她，雙方僵持著，直到店長點頭願意為她挪出吧臺的一個小位子。當她坐下，戴上眼鏡準備滑手機時，她頓時感覺背後一片死寂，回頭才發現，剛剛沒戴眼鏡時清楚看見的老人們，戴上眼鏡後卻完全消失了，整間店只有她一位客人。數月後，她才驚覺自己拿下眼鏡的時候，看到的鬼比看到的人還多。

17 高瞻遠矚

一

大衛補習班是一棟住商混合區的獨棟透天，輔導理化的高老師是這間補習班的創辦人，據說目前離婚，與老母親及一雙兒女同住在頂樓。被安排在三樓上課的國二學生，偶爾會在教室裡聽到樓上有動靜，椅子摩擦地板的聲音、球體掉落的聲音等諸如此類。某次理化老師將教材和課本放在樓上，需要一名學生協助取書下樓。一群對樓上充滿好奇的學生踴躍舉手，其中一名自願者被老師選中。他非常雀躍地衝上通往頂樓的樓梯，恨不得能馬上一窺老師的家，卻發現頂樓是一個沒有窗戶也沒有開燈的空間。學生沒關上門，掌心貼著牆壁，在樓梯光線所及的地方，順著摸了好久，都沒有發現任何開關。沒燈怎麼辦？正苦惱的時候，一個分不出性別的老者出聲，問他上來做什麼？學生立刻緊張的僵直站好。他向長者說明來意，稍後聽到一些物品輕輕碰撞的聲音，很快地在光線盡頭看到老人伸出手來，朝他的方向遞上課本。學生接過課本，看到底下五根變形的手指，嚇出一身冷汗，頭也不回的衝下樓。從此，補習班頂樓有鬼的消息不脛而走，理化老師也因此損失了一批學生。幾個月後，這名理化老師得知事情原委，不但沒有生氣反而大笑起來，公開在上課的時間向同學澄清此事，表示自己沒想到學生一來這麼膽小，二來少見多怪。自家為了環保一般時間不開燈，二來自己的母親有點年紀了，患有類風濕性關節炎，手部關節確實微微腫脹且突出，之後理化老師反而以此為賣點，常自嘲補習班有鬼，加上補習班只在晚上授課，更會三不五時說一些鬼故事振奮底下學生的精神。往後越來越多愛聽鬼故事的學生上門補習，創始人也陸續招募了幾個有特色的老師：英文老師喜歡聊西洋星座，數學老師喜歡開黃色笑話，作文老師喜歡算藝人八字，從此補習班擴大為英文、數學、作文、理化四科，分別由四名高矮不一的老師授課，逐漸成為該區補教業龍頭，創辦人理化老師經營七年，即買下一整排九間透天，並將透天之間相鄰的牆壁全部打通，打造全新挑高裝潢的超大教室。就這樣大衛補習班知名度大開，理化老師也成為補教傳奇，特開一個「深夜補習班」網路節目分享創業心法。某日颱風直撲全臺，雨水沿著樓梯由頂樓汩汩而下，隨著風雨灌入補習班一樓的濁水逐漸升高。附近一帶已水深及腰，不論是騎車還是開車的家長都半路拋錨，完全進不來。被困在教室的同學，眼看教室不斷漏水，想上去叫理化老師下來處理，於是幾位女同學在樓梯間敲了敲門，半晌都無人答應，也許是風雨聲太大了，她們推開半掩的門走上頂樓察看。進入頂樓，眾人找不到燈，空氣中有股難以言喻的怪味，學生打開手機內建的手電筒，空曠的頂樓房間立刻一覽無遺，老師們沒有任何藏匿的可能。不過讓大家頭皮發麻，不敢相信的是，這裡只擺了一張草席與一架神明桌，上面供著一爐香火與鑲刻四名補習老師遺照的姓名牌位。

二

高度近視的小梁從國小起就在南部非常知名的大衛補習班上課。升國中那年，補習班對面的空地蓋起大樓。該區屬於大橋國中的預定地，有許多重劃後閒置的土地。無論如何，高中畢業前夕大樓終於落成，小梁也順利考上鄰近的成功大學。偶爾大衛補習班的老師會請他就近回來與學弟妹分享學習經驗。大學畢業後找工作的這段空檔，他每晚到補習班工讀。某天學生都下課了，他一個人坐在櫃臺，才發現對面的大樓，從他高中畢業前蓋好到現在，五年了都沒有住過人。他從未看過這棟房子的哪個房間開過燈。之後只要一想到，他就會注意這棟大樓，果然還是一片漆黑，就像佇立在夜晚的黑色峭壁。有一天，他終於看見七樓有個房間亮了燈，好奇的他非常期待，仔細觀察，原來是有工人來裝紅色的窗簾，然而之後再也沒開過燈。直到有天晚上他坐在櫃臺，看到對面七樓的房間拉開紅色窗簾，那裡連續幾天都有個女孩整晚探頭一直朝他扮鬼臉，讓他很不舒服，他想已應徵上南科的技術員，過幾天就要結束工讀了，卻在最後一天晚上，看見紅色窗簾整個被拉開，只見一顆頭顱懸在中間，繼續對他扮鬼臉。

18 後生可畏

麥當勞角落的兩排長型桌子，併座圍了一群大學生，從一開始的迎新活動逐項討論，嘻笑聲從未停過。

夜深了，學生們陸續離開，大概剩下六七個本來就是同個小圈子的好友，大家批評學校老師，批評剛才的活動總召，一一數落他們的不是與不得體。夜更深了，剩下一對情侶與三個女孩，他們規劃周末的小旅行，還有未來的理想。情侶也走了，兩個無聊的女孩又各自點了一份餐，把薯條雞塊全部倒在一塊混著吃，她們開始談心，分享經期混亂的事。沒來已經三週了，她說。稍後這一個跟另一個約好，明天一起去掛婦產科。臨走前，一名中年男子攔下兩個年輕女孩，自稱能通靈，希望跟她們聊聊，兩個女孩互使了一個眼色，快步走出店面口。

她們離開之後，中年男子來到僅剩的一位女學生身邊說，「抱歉，最後兩個也走了。」於是又從口袋拉出一群手牽手的大學生，跟剛剛一模一樣的一群，只是調動他們之間的關係：同圈子的好友彼此擁護不同的老師而鬧翻，最先不愉快離開。接著總召與那對情侶，不爽那群先離開的大學生都不做事，一副只要開會發言批評，就代表我有做事的樣子讓他們覺得很噁心，薯條雞塊全部倒出來不吃就走了。剩下兩位經期混亂的女孩，趁眾人都走了之後私下談判，為什麼月經沒來還不都是為了同個男生，賞了彼此巴掌後，中年男子上前勸架，自稱能通靈，希望勸勸他們，兩個女孩互使了一個眼色，快步走出店面口。

她們離開之後，中年男子來到僅剩的一位女學生身邊說：「抱歉，最後兩個也走了。」於是又從口袋拉出一群手牽手的大學生，跟剛剛一模一樣的一群，只是調動他們之間的關係。

19 鏡花水月

四百年來，有兩條彎月形的溪流環繞臺南府城。北溪因樹林茂密被荷蘭人稱為綠谷，另外南溪的腹地則是一座古老禪寺。近年來城市歷經開發與整頓，北溪已完全為水泥包覆，成為環抱城市北面的灰色大水溝，南溪也被道路掩蓋為下水道，長期以來重度淤塞。七個月前，施工單位有計劃的封鎖充滿垃圾的河岸，徹底刨除溪底的臭泥巴，再以水泥包覆整個河川之後鋪上巨大鵝卵石，最後植上花草展現綠意。竣工後，嶄新的河岸仿若京都鴨川，水面清澈可人，在當了多年的臭水溝之後，大家終於想起這是一條被喚作「月見」的古河。當地民眾晚上開始喜歡到這裡活動，尤其喜歡在橋上探頭，吹著消暑的涼風，有趣地看著自己的面孔倒映水中。人多的時候，水面映照出許多人的臉，更需要花一些時間指認。許多網美紛紛慕名而來，捕抓瞬間映在水中的倩影，一時之間成為臺南拍婚紗的熱門景點，大家都覺得很新鮮。與河川相鄰的馬路兩旁，閒置十餘年的店面也快速翻紅，成為文創商家的首選。連鎖速食龍頭店麥當勞也進駐河岸第一排，七公尺鐵架將M字招牌高高舉起。越來越多的遊客到訪，他們帶著自己的孩子到這裡親近大自然，只是很多小孩子會不明就理的往河裡跳。幼童連續墜河引發社會高度關注。附近居民指出，水中閃閃發亮的麥當勞，讓小朋友以為麥當勞在下面，才前仆後繼地墜河。隔日報紙頭版刊登出一張橋上人群觀賞下方河面金黃M字的照片，人潮太多了，鏡頭前更顯得繁華，沒有人注意到，那些墜河身亡的小朋友也混在人群中合影。

20 人三化七

翟輝在一家貨運倉儲工作，每日負責的事務很簡單，只要緩速駕駛堆高機，把一定數量的箱子從入口搬到指定櫃位就行了。他常常在打工的時候放空，畢竟事情總是熟能生巧，兩處空間不要差太多的情況下，他覺得自己閉著眼睛，都能順利搬完倉儲裡的所有箱子。工作的第二年他在駕駛座的右側固定一個自拍棒，方便他邊抓寶練功邊工作。其中有一家公司天天出貨，翟輝對這款包裝特別熟悉，寄件者會在封箱後貼一個精密儀器的紅色貼紙，讓他對內容物有點好奇。今日他一如往常的移動這批箱子，怎知一不留神，竟然有個巨大的箱子從 2.5 公尺高處墜落。重摔在地的紙箱因此破一個角，洞裡掉出一些塑膠碎片。翟耀覺得既然都破了，那不如看看裡面有什麼吧，看了之後，他才發現裡頭是一臺醫療機器，機器裡頭許多東西都碎了。他按包裝名稱輸入手機查詢，才知道這是一臺價值百萬美金的痲醉儀器。他自知怎麼做都掩飾不了，卻還是設法動了一些手腳，換個包裝封好。為避免引起軒然大波，他又調換許多箱子標籤上的流水號，企圖製造一些混亂，畢竟公司裡常有一些東西在投遞失誤後，被誤拆、碰碎等意外。沒想到還未下班就被寄件者投訴，引起高層的關注。他想只是調換流水號，東西又沒弄丟，應該就沒有鉅額賠償的問題吧。這個事情讓他整日心神不寧，苦無辦法只得先憂愁回家，又被女友要求陪看一齣電視正熱播的宮鬥戲，劇中太監竊取宮中墨寶，東窗事發，明白皇帝查到一定處死，唯有放火才有一線生機。翟輝受到極大啟發。隔日倉庫大火，整棟建築的三樓鐵皮屋頂迅速坍塌，半個小時三百坪的倉儲就付之一炬。外界全力搶救後，發現七具白骨，清點員工卻無一傷亡。二十四小時之後，警方初步推斷這些白骨應該是包裹在貨運箱子中的屍骸，調查重點全集中在七件凶案。關於起火原因眾說紛紜，最為人樂道的是，把大火解釋為死者顯靈。當週所有的倉儲員工都被檢方約談，而翟輝自然沒有任何殺人和運屍嫌疑，成為第一批被請回的員工。十年後，這起倉庫失火成為一件家喻戶曉的冤靈報應傳說。沒想到翟輝卻在歡送退休同事的三人聚會上喝醉了，三個醉醺醺的老男人輪流說出自己這輩子最幸運的事。首先，翟輝坦白當年是自己一把火燒了倉庫，接著另一名同事說，當年是他把七個來追究包裹的人騙進倉庫裡裝箱，最後一個則說，自己把七個箱子都開了，再分別把箱子裡求救的人殺死裝回去。隔天酒醒後，三人各自回家再也沒有見過彼此。

21 出生入死

一

未來二十年，醫療蓬勃發展的臺北出現一個新興宗教，短時間累積眾多的信徒，許多南部民眾也慕名而來，包車北上的遊覽車造成交流道回堵將近一公里引發輿論，從此這個宗教的一舉一動皆受到社會注目。媒體爭相派記者深入瞭解，發現這是一個非常特殊的神秘教派，每一位成員都是教主，他們信仰某個理念，又或者說，聚在一起信仰彼此，為彼此加持。

二

臺北的東北方有一座高山，山上是教主的居所，相形之下，山下繁華的城市每天都是一副地獄景象。就該神秘教派的觀點而言，單以人畜雜居為例，整座城市養了數萬隻的寵物狗寵物貓，就是一種業力。據說這個信仰源於一位喜歡寵物的單身作家，在豢養的布偶貓、折耳貓、波斯貓、暹羅貓、日本三色貓、美國短毛貓、俄羅斯藍貓，接連往生後，看破生老病死，最終領悟一種宗教，成為首位教主。往後該名作家開始寫作跟神秘宗教有關的小說，最後竟也自成一派。他受到其他國宗教領袖的邀請，常常遠赴美澳紐加闡發自己破除偶像，破除一切服從神、服從人的偽信仰，他創立的正是一個唯有宗教領袖能信仰的宗教。一般大眾對這個宗教認識得很少，只聽聞信奉此教的教主們非常反對醫學，主張現代醫療只是拖延人類前往天堂或西方極樂世界的一個網羅罷了。接受治療的人活著卻無法解決活著就是苦的課業，既然無法解決痛苦，就應該順應自然死去，讓今世完成修行或無力繼續修行者進入下一個該去的地方，而不是苟延殘喘於人間，耽誤天地氣運耽誤日月時辰，造成四季氣候異常地球暖化等混亂現象。此外每個成員在信教之前，必須不受工作束縛，因為所謂工作也是近代社會灌輸每個人，必須以工作成果來衡量個人價值的高明的奴役方法。因此，經濟自由是入教門檻，除此之外沒有什麼特殊條件。合格的入教者可由教中長老分配一處位在山上的房子，即可自立宗派。這座神山海拔標高一千二百米，沒有山下盆地的瘴癘之氣，也沒有無知苟活的窮酸之民。遠近都是富豪的別墅，原本隸屬國家公園的公有地也都如期完成地目變更，山頂宛如國中之國，富裕的教主們為了減免稅務，捐出龐大的善款建設這座世外桃源，今年的規劃是逐步遷移山腰四散的無主墳，目標是未來五到十年可以合法擁有全島的山林。

三

信奉E教的教主們都有一段入教的故事。多年前，有位記者匿名採訪該團體之後非常嚮往，一直尋求方法加入。他個人在歷盡了一些生死病痛後，開始受到教團青睞，雖然經濟未達門檻，卻是被允許加入的第一人。這名新任教主——鄭姓記者將車子按停車格停好，山上的晨霧仍未散去，看著前方一片霧茫茫的清新空氣，他很清楚這一切都源自他二十年來兢兢業業的努力。他是出身新北市最窮困鄉鎮的記者，全靠微薄的清寒補助考上第一志願的大學，對於大學裡，那些在課堂上只會聊自家小孩讀名校的趣事，全家寒暑假出國去哪玩的教授感到失望，請來的演講者也差不多是這副德行。他從宿舍彼此交流的謎片中，看到生殖器官對人的巨大影響，又從獲獎無數的文學作家筆下，讀到反覆描寫的手淫、性交、高潮，體會到人真是生殖器官的奴隸。於是他在大學加入了宗教性社團，這是他人生所做最正確的決定了，這是一個熱衷於拯救眾生的國際組織，他們收購大量水族禽鳥放生之餘，也十分關懷流浪貓犬。為了討論放生對環境的危害，以及結紮是否有益寵物，他開始專跑動物新聞線。因此得到了E教元始教主的採訪機會，這名教主是一位作家，有豐富的飼養經驗，接觸過名犬也養過品種貓，從此開始大徹大悟的一生。他一直記得教主在法說會上贊成人類對貓狗進行結紮手術，生這麼多可愛的貓咪做什麼？生來婆娑世間痛苦，成為人的玩具。

22 抱痛西河

這天爸爸牽著兒子，兒子牽著氣球，兩人走在假日人來人往國父紀念館。逛完一圈，兒子抱著氣球告訴爸爸，知道大家想看什麼故事了。回家後，睡前兒子講晚安故事給爸爸聽，講完兒子就睡著了，爸爸為兒子蓋上棉被，一個人到書桌前將剛才聽的故事鍵入電腦。只要一個晚上，熱志元就能將兒子的故事寫成故事大綱。但他並沒有完成劇本的打算，而是以一個女性名字「白佳萱」將作品賣給認識的圈內人，包括一些編劇、導演、製片人，再由他們去申請各項補助，而「她」只掛原創。對他而言寫故事大綱輕鬆多了，雖然沒有寫劇本的酬勞多，但減少工作之後，父子倆反而擁有許多相處的時間，沒有比這更重要了，至少在兒子上小學前，帶兒子到處遛達，陪伴兒子成長，就是件令人身心舒暢，又對得起妻子的事。

傍晚他照常帶兒子到國父紀念館散步，他坐在公園長椅上，看著身穿 Russell Westbrook 簽名球衣的兒子，跟幾名小朋友在廣場玩球。每年他都會帶兒子到 NBA 朝聖，蒐集主場球員的簽名跟合照，還有好多球場沒去過，未來打算繼續去。這也是他做父親的驕傲，如果過世的妻子也在身邊的話就好了。突然一位身穿緊身運動服，高大健壯的男子，像是做完劇烈運動，全身冒汗，拖著疲憊的步伐，手裡拿著一瓶水經過。籃球滾到陌生男子腳邊，對方停下腳步，彎下腰撿起籃球，準備還給小朋友。兒子也很有禮貌地上前拿球，但表情逐漸從快樂，變成疑惑，驚恐，最後嚇得跌倒大叫。熱志元趕緊上前抱住兒子，這時兒子已經被嚇哭，滿臉鼻涕眼淚，當熱志元再轉身，只見地上的簽名球，那名陌生男子已經不見了。

回家後孩子仍舊哭泣，夜裡哭鬧，反覆被惡夢嚇醒，怎麼哄都沒用。「爸爸，好可怕，那叔叔、那叔叔好可怕。」「叔叔的世界太可怕了，我不想跟他在同一個世界！」「叔叔是惡魔、是地獄來的。」趕緊抱兒子去醫院，卻檢查不出病因，但醫生也看得出孩童驚嚇過度，安排住院觀察。「爸爸我會不會死，爸爸、爸爸……」令人恐懼的呻吟、尖叫，不斷從病房傳出，「洵洵別怕，爸爸在這裡。」焦急的爸爸不知道怎麼安撫兒子。三天後，洵洵就這樣被活生生嚇死了。

兒子死後一個月，熱志元第一次回到以前常和兒子一起散步的國父紀念館。心情低落、萬念俱灰的他，滿臉鬍渣望著前方大巨蛋的殘骸，「沒想到真拆了，可能過幾天又不拆了吧，這個破爛國家。」突然，一名男子跑過他的面前，對方滿臉疲態，熱志元馬上認出是那天嚇死洶洶的男人。兒子到底從這個男人身上看到了什麼？甚至害怕到死。一股憤怒竄起，他想馬上攔下他問個明白，從後頭跟了上去，但在跟到忠孝東路時，男子走進了刑事警察局，沒想到對方竟然是名警察。

「那個叔叔，腦袋中有很可怕的故事。早知道就不看了，就不看了。啊、啊、啊。」夜裡兒子死前掙扎的情景，再次於腦海中驚醒，徹夜難眠。隔天下午，熱志元提早到國父紀念館等待，果然又看到那名男子來運動，這次他沒有像上次那樣衝動了，而是假裝跟在男子身後慢跑。男子經常固定繞著國父紀念館的外牆跑十五圈，偶爾跑三十圈。而熱志元最多陪跑三圈，之後只能氣喘吁吁看著持續跑動的男子遠離。他也留意到，從未見過對方跑其他圈數。後來有天他好奇打開 APP 計算距離，才發現國父紀念館跑一圈是 1.4 公里，1.4，很神奇的數字，正規的馬拉松，也就是全馬，是 42 公里，也就是說，只要繞著國父紀念館跑十五圈，就等同完成半馬，只要跑三十圈，就等同跑完全馬。這名男子顯然是以馬拉松為目標，鍛鍊自己，最後也都跑回附近的刑事警察局。

每次跑在男子身後，熱志元都很想知道這名男子究竟有過怎樣的恐怖經歷。他並沒有兒子讀心的天賦，那恐怕是過世的太太遺傳給兒子的。以前他常覺得太太懂得他的心意，就連他外遇的那陣子，他也都感覺她知道了，她明知道他每天想著別的女人、想著跟別的女人做那件事，他告訴她的事情都是謊言，她仍不願拆穿他，選擇繼續留在他身邊，照顧編劇事業不順利的先生，以及剛出生的兒子。後來妻子意外過世了，他向她保證一定會好好照顧他們唯一的孩子。

慢跑時，他在心中反覆辯證，究竟對方算不算殺了他兒子，一切，真的是意外？熱志元也開始著手調查這名男子。馬承翰，中央警官學校第八十四期畢業，二十八歲進入刑事局，至於是在哪個單位、接觸過什麼可怕的案子，通通查詢不到，刑事局的網站也只能看到一整串通緝犯的資料。他一直跟在他後頭，難道吳警官都沒發現嗎？熱志元開始覺得自己正在做一件危險的事，好幾次，他甚至暗藏著凶器跑馬拉松，然而他卻無法下手，只能死命地跟著他跑，不停地跑下去。後來到了做夢也見到對方跑步的背影時，他才驚覺不能再跟著這個男人跑下去了。

可是，難道兒子的仇，就這樣放下了嗎？他想看孩子打球，但他已永遠無法看見兒子長大成人，這種遺憾他不知道向誰訴說。最初妻子過世時，兒子還很小不會說話。等兒子稍大了，他想，應該講些睡前故事給兒子聽吧。沒想到聽完，卻說爸的故事很無聊，兒子說，換我說給爸聽。沒想到兒子說的故事，真的比他說的有趣多了。他問兒子是怎麼想到這個故事？兒子說他不用想，是他白天聽到的。從以前到現在，他知道自己不是一個有寫作天賦的人，無論如何不眠不休工作，一天只能寫一則故事，無論長篇、短篇，就只能一篇，強迫自己繼續寫，最後也只是浪費時間寫一些很糟糕很零碎的內容罷了。以他的能力，一天就是一則故事。

跑步完回到家，洗完澡，熱志元來到兒子的房間，看著過去兒子的照片，想起兒子每晚對他說的有趣故事。如果之前不帶洵洵到處讀陌生人的心事就好了，洵洵也不會遇上這麼可怕的人。他只是利用兒子的天分賺錢，最不能原諒的人就是他，深深覺得對不起過世的妻子。他拿起妻子拍的最後一張照片，照片中尚在世的妻子快樂地用餐，他哭紅的眼第一次發現，坐在妻子身後用餐的那名男子，居然是馬警官，而妻子正是在這家餐廳心臟病發過世。

23 如法炮製

「還活著？」楊潔兒凝視床上那具屍體。兩手攤開，仰著碩大身軀的男性死者，白胖的腹肚擋住她的視線，看不見他的臉。他們婚外情已七年，老夫老妻了。蕭是教她製作肥皂的導師。十年前他帶起臺中傳統手工皂的潮流，潔兒是他的店員，後來依附在他公司之下創立自己的品牌。但就在剛剛他還活著的時候，他告訴她，「手工沐浴乳，還沒有人開拓這塊領域。」當下她有種這個人已拋棄了過去理念的想法，「你猜製作工廠選在哪？」她沒回話。「我觀察過了，這棟大樓的地下停車場，進出貨車很方便。」她說不想換房子，「住宅大樓，拿不到工廠登記。肯定被投訴。」她難得表現出反對，但這是他買給她的房子。

「再幫妳找個新家。會比這更隱密。」他笑容滿面，耳朵尖挺抖動。女人、房子、事業，一切都在他的掌握中。很礙眼。她必須在發出臭味前，處理掉這塊龐然大物。潔兒用最擅長的技能來突破命運對她考驗。她一向在家做肥皂，井然有序的將屍體一塊塊放進家用製皂機當中，做出五千塊米白色的人體脂肪肥皂，剩下的骨頭，也在陽臺曬乾後全部磨成粉末，同樣做成另一批肥皂。她打算把這些肥皂慢慢用掉。她在百貨的攤位，一名斯文挺拔的男顧客說她身上有股特殊的芬芳香味是現場所有肥皂都沒有的，請問是哪一款肥皂？她拿出了一塊放在包包本想拿到公廁讓流浪漢用掉的肥皂。

這名男子即是知名生活雜誌《好好》的洗社長。幾年前他盤下倒閉的《好好》雜誌社，但他對出版事業一點興趣也沒有，卻看中這名字背後的文藝市場，計畫複合式經營，跨足餐飲、文旅、網拍，即他所謂的「心零售」，當然最重要的是繼續出版生活雜誌，那是吃不飽卻又居家必備的精神糧食。只是文創商品競爭激烈，表面雖然風光，檯面下早暗浮經營危機。現在洗社長看中她這塊溫潤的肥皂，獨特高尚的文藝氣息，跟他的雜誌絕配。這絕對是一塊拯救品牌的肥皂。

「小清潔／手工美研皂」誕生，透過《好好》的介紹、「好好」官網的宣傳、好好飯店的促銷，「小清潔」成了該年度最知名的皂類商品。潔兒幾乎取代了過去那個男人在手工皂界的地位。然而，眼看以「他」製作的肥皂即將售罄，必須盡快備貨，她每天到生鮮超市選肉，卻始終調配不出那個男人味道的肥皂。一切都還是在他的掌控中？潔兒回想那具痴肥醜陋身上有著粉刺味道的噁心變態，為何能提煉出嬰兒最純粹潔淨的清香？她得想辦法補充原料，製造這款獨一無二的肥皂。

她將捕鼠籠捉到的活老鼠，拈起尾巴，放進製皂機當中，一匙匙放入皂鹼、礦粉，以機器均勻攪拌十分鐘後，滴上精油，再倒入方形模具靜置數天凝固。然而揮發的味道不對，還未脫模就被她倒掉。她真的被逼急了。上拍賣網站重金購買屍塊，幾天後低溫宅配送來一箱男性的胸腹肉，油花細緻，賣家商品說明寫到，是從醫學中心死者的身上切割下來，原本屍況就因車禍殘缺不全，取得相對安全。面對得來不易的材料，潔兒仔細回想上次處理蕭老師的製作方法，總算做出一批她覺得更好的新款肥皂。

「沒人會想把這東西抹在身上。一股屍臭味。」洗社長直接將肥皂丟到地上。潔兒看著那塊打滾的肥皂，想到醫院屍體可能不新鮮，蕭的肉身從未冰過，而是當天直接處理的溫體人肉。問題是要怎麼找到媲美蕭的原物料？這時她意識到自己低著頭。她最畏懼的人，已從過世的蕭變成了洗社長。離開好好集團，潔兒盲目走在路上，手提包暗藏新購的美工刀。回到家痛哭一場，自己終究無法向一般人出手。那夜她赤裸站在浴缸前，盯著鏡子，五官、舌頭、腹部和手指，哪個是可以割捨的？決定後，心一橫，咬緊牙刷，割下身上的那個部位，剛好足夠做一塊肥皂。只是七天後脫模拿出的成品，還是被洗社長否決。她知道自己無法端上檯面。

某次她在過度頹喪下拿起僅剩不多的「蕭的肥皂」，沐浴中再次體會這塊肥皂之奇特來自他的味道，連她都依戀起這股味道，更何況是一般人，他那根粗短屌射精後繼續搓揉的觸感就像肥皂。心想她憎恨的那個人，竟然就是那一個最不能取代的人，對他就更加憎恨。潔兒絕望躺在床上，往下看自己的小腹也如蕭的肚子般隆起了呢，想到最後一次跟老蕭做過之後，已經半年沒有月經。突然她電話洗社長，再給她幾個月的時間，屆時有信心做出同款的經典肥皂。

24 言多必失

小時候的米琪常到班上同學李洋家拜訪。每次回家前，她必須穿越李家別墅的一樓，而李同學的父親、爺爺、奶奶、曾祖母總是坐在客廳裡看電視。整個客廳由小兒麻痹的李父發號司令，他想看什麼全家就看什麼，有次米琪撞見李父對擅自拿了遙控轉臺的外傭大發脾氣，怨怒凶狠的模樣嚇壞了米琪。那天她不敢看那群老人，眼睛黏著電視快速通過客廳，從此再沒去過李家。如今回想，印象中那42吋電視螢幕從未關機，李洋的父親總是把聲音開得很小，同另外五六個李家的長輩圍坐沙發成ㄇ字型，外傭則站在沙發的後方。老人們的身體陷在沙發深處，從未發過一語，每個人一雙眼睛瞪得老大，貌似非常專注的看著電視節目。但為什麼要把聲音調得那麼小呢？細微得像是遠方的微風，戶外環境的聲音都還比較大。儘管她有些好奇，可是她對他們有更多的恐懼，再也不想去那間房子了。國小畢業典禮那天，李洋一邊簽紀念冊一邊邀請米琪，歡迎以後隨時來我家。十年後，米琪嫁入李洋家，李家的父親、爺爺、奶奶、曾祖父，曾祖母也早已經掛在客廳的牆壁上了。她與李洋婚宴那天的家族合照則按風水大師的要求掛在長輩們的對面，據說這樣能得到庇佑。米琪每回想起這件事都會發笑，打從心裡不認為這群長輩有什麼保衛家族的能力。米琪嫁入李家也一段時間了，卻從未聽聞李父過去的任何事。某日因緣具足，她彷彿不經意地問了李洋幾個關於公公的問題。爸爸以前是從事什麼工作呢？為何天天在家？爸爸以前對我印象如何？或許實在沒有什麼好說的，李洋輕描淡寫的交代一些關於父親的事。他曾經負責一間餐廳的採買事務，但比起採購更類似會計的性質。「那麼爺爺、奶奶、曾祖父，曾祖母呢？」「他們在我還沒出世的時候就過世了，我對他們一無所知。」米琪嚇一跳沒有再問下去。但是李洋卻繼續告訴米琪，「我爸爸說過很喜歡妳，不論是以前還是現在，因為怕嚇到妳，所以大家一直很小聲。」

25 眉開眼笑

單身女子厲曉妤偶然到地下街一間日式咖哩店用餐，店裡有位老太太在拍照，起初她以為對方在拍攝餐廳全景，後來卻發現老太太一直朝著她拍照，嘗試用各種角度捕捉她的各種角度。於是她快速吃完正餐，並換了一個位置享用飲料和甜布丁。沒想到老太太仍從遠處不斷偷拍。她一怒之下找來店員，一轉眼老太太便溜走了。店員無法解決只好撥電話報警，一名警員姍姍來遲，協助厲小姐調閱監視器，卻發現她身邊誰也沒有。厲小姐心有不甘，將餐盤擲至回收架上準備離開，這時負責回收的工讀生卻走來問她，剛是不是看到一個老太太拿著手機猛拍自己？從這個角度，這個角度，還有這個角度，厲小姐吃了一驚，連忙詢問工讀生老太太是誰。兩人經過一番討論，覺得老人家舉止詭異，很有可能不是人，但是一個鬼拿她的照片又能幹什麼？離開餐廳前，她去了一趟地下街的洗手間，在原以為空無一人的廁所裡看見那位老太太。「可以給我一百塊嗎？」老太太可憐兮兮的詢問。厲曉妤心想：「既然是人，就沒什麼好怕了。」她走上前大聲喝斥老太太拍她的照片做什麼，怎知老太太卻趁她不注意，想搶劫並捅她一刀。拉扯之間，老太太落下了剛剛的手機，最後厲曉妤在這個手機裡看見超可怕的東西。警員第二次過來，在厲小姐拾獲的手機內發現大量人體肢解的照片，直覺手機的主人非常危險，暗中請求增援。警方循線希望追捕到老太太，卻又無法在監視器裡找到老太太的蹤影。只好將厲曉妤請回派出所做筆錄，警員再次查看手機照片，才發現老太太拍攝厲曉妤的角度，依序是臉、頸、胸、背、手、腳，剛好和手機裡肢解照的順序吻合。

26 成一家言

平秀琳是位非常成功的女性，作為臺灣百大企業中唯一排名前三的女企業家，所創立的平美集團，跨足醫美、建築、居家、文創、金融、航太、綠能、生機飲食等產業。平時鮮少接受採訪的她，本月接受知名週刊《執行力》的長訪談，邀請總編輯辜敏宜與帶領的採訪團隊，一早上山來到她位於士林北邊山中的白色別墅，詳述她二十年來的創業歷程。到了晚上九點，訪談已近尾聲，主要談些平時的休閒，較下午的話題輕鬆許多。

當她被問到，最喜歡哪一種運動時，她倚靠在公司出品的藍染沙發，回答道：「籃球吧。」接著興奮談起高中參加女籃的經驗。她表示，人生從加入女籃的那一刻才真正覺醒，在此之前她什麼也不懂，是女籃教會她為人處事的原則。

那年夏天，剛從蘭雅國中畢業的秀琳身高已一米八〇，參加北投高中迎新那日立刻受到校女籃的熱烈邀請，沒多久帥氣的男教練也公開表示她非常值得期待，但因初來乍到陌生的環境，加上從未接觸過籃球，也不認得NBA的球星，為此她感到遲疑，但籃球隊的學姊們經常來串門子，告訴她許多**籃球教會她們的事**。透過學姊們的耐心解說，秀琳才知道籃球必須五個人才能比賽，十分重視團隊精神，學姊們也會利用放學的時間培訓新人，順便幫忙輔導課業，談心聊天，一起吃飯打掃逛街，彼此關心，彼此照顧，所以女籃是一個「溫暖、信任、永不放棄的大家庭」，大家都把握每次練球的時光，只因為彼此是最愛的一家人，之後更在秀琳生日那天的午休時間，一群人帶著禮物走入教室幫她慶生，種種暖心的舉動也讓秀琳點頭答應了。

然而剛加入籃球隊，秀琳就遭遇到很大的挫折，不僅基礎動作不好，無法流暢運球，又因為太高，時常被個子小的球員抄球，即便犧牲所有時間全心練習，訓練到體力透支，仍跟不上其他人的動作，連規則也容易忘，學姊說她「像沒有打過籃球。」教練也覺得她動作太遲鈍「妳天賦並不好，要比其他人更努力。」女籃很快給她取了一個綽號叫「大冰箱」。有一次她在洗手間聽到學姊說「那個冰箱，她應該很快就會退出吧？」這讓秀琳對於自己為什麼還在這裡練球，感到非常困惑，時常覺得意志消沉。但她想剛開始都是這樣的吧，升上二年級就會適應了。沒想到二年級的情況不但沒有好轉反而更加惡化，學姊們與隊友又去追求新生中的新成員，教練也不再看她一眼，眾人對大而無用的秀琳更加冷漠，她終於懂得什麼叫排擠，如果他們再進一步動手，就是霸凌了。終於，她在家人的陪同下，於高二上學期申請退出校女籃，把重心轉回課業上。

「沒想到平女士也有這樣的經驗，後來還有加入其他社團或球隊嗎？」

「沒有了，不可能。我不會再加入任何團體。」

「但是人總離不開群體。」

「妳說得沒錯，所以『女籃定律』統治著這個世界。」

「女籃定律？」

「我念書時，就深刻體會了這條『女籃定律』，離開校園之後，更發現『女籃定律』能套用在社會上各個領域，小至情侶、班級，大到公司行號、宗教派別，所有的團體都是一個女籃。你還沒加入他們的時候，他們熱情向你招募，把你說得多重要，我需要你、我們需要你、社會需要你；一旦你加入他們，他們就開始予取予求，改以上級的姿態對你頤指氣使，挑剔你、要求你、折磨你，認定自己有權強迫你做任何事，大談彼此的權利跟義務；你還沒加入時，放低姿態，對你都是無條件的關愛跟給予，不管你說什麼，他們都說可以接受、願意包容，可是一旦你加入後，你只是團體中微不足道的一分子，數人頭用的數據，服從命令的奴隸。」

攝影團隊看向總編輯。現場的氣氛延宕了下來，或許需要來點療癒的互動。

「我好像懂平女士的意思。可是不參與任何團體，人要如何生存？何況像您成立平美集團，不也是希望延攬各方人才加入，一起共創事業版圖？」

「敏宜，妳不懂我的意思。在妳來採訪之前，我稍微看過妳的資歷。從小妳跟著父母，積極參與教會的活動，國中加入田徑隊、游泳隊，高中起參加更多團體，像是慈幼團、大使團、班聯會，大學更參加系學會、學生會，和幾個跨校的學生組織，畢業時參加畢聯會，畢業後參加校友會，現在妳也在網路上加入許多社團、讀書會、俱樂部，妳是一個很依賴團體來從中獲利的人，基本上我們公司，不會用這樣的人。」

敏宜覺得自己沒有要頂撞平女士的意思，只是覺得剛剛那樣的氣氛應該說點話，提問什麼的。但平女士的回答顯然完全是針對她，還對她身家調查。從以前她就不喜歡跟高大的女人接觸，說話都一副盛氣凌人的樣子。而且她還沒有要停的意思。

「回憶起採訪前，貴社盛情邀約，多次來信問候。但等我答應後呢？你們就開始指定地點，給出你們採訪團隊方便的日期，還希望我到攝影棚拍攝宣傳照，主動給我許多訪談的專業建議，像是妝要怎麼畫，穿有領的亮色衣服能讓拍攝效果更好等等。電話中叮嚀我要想好漂亮的開場，要準備金句，有趣的哏，穿插些自己成長的勵志小故事，最後更要有一個漂亮的Ending。可以的話，對談稿還要先給你們看過，同時舉了過去你們採訪的二十二位百大企業家為範例。總之一切都好像是為了我好，協助我向讀者呈現最好的一面。但說穿了，你們看似專業的流程，只是各方面來麻煩我，好方便你們做事罷了。幸好我直接聯絡你們社長，採訪才能按我的想法進行。」平女士說完，神秘的笑了：「我就說吧，又是女鑑定律。**所以我都靠自己**。」

「那個女人真討厭。」一上車，經驗豐富的辜總編輯忍不住抱怨，這是她採訪過最難搞的企業家，什麼都有自己的一套，什麼都不配合：「勞師動眾，週末加班上山就為了採訪她一人，說什麼得按我的行程表，地點當然是我家最舒服，有自己的專業擬稿人，自己的專業造型師，你們無須操心。結果呢？整個房子我看只有她一個人吧，妝也畫得太白了，白色蕾絲的衣服更顯得沒有精神，拍不出商界強人的專業感，對談更像是流水帳毫無重點，常常沒有回答我的提問，照稿回答也不會。什麼專人擬稿，專人打理造型，我看從頭到尾都是她一個人胡搞瞎搞吧。」

「對啊，講什麼女鑑，誰關心她高中加入什麼社團？還講得一副頭頭是道。」坐在後坐，今天一起上山的編輯蒔玉也附和道。雖然她資歷淺，但在採訪前早已經看不慣這位平董了。「這麼難搞的人，難怪會被女籃排擠。」

「就是說啊，最後還趕我們走呢。」敏宜轉頭向後坐說：「說什麼時間差不多了，今天就到此為止，等等她家還要開一級主管會議，晚點瑜伽老師、健身教練也要過來，抱歉沒辦法讓你們久留。以為我們很想待嗎？」

這段山路是陽明山上的主要道路之一，路燈明亮，但又非仰德大道那樣的主幹道，車子相對也少了很多。一行人採訪完下山的路上，不斷抨擊平女士，只有駕駛座上的攝影師信輔，專心開車不發一語。等車子下山後，行經士林麥當勞前，信輔突然停靠路邊，雙手掩住口鼻大聲喘氣，一副受驚嚇的模樣問道：「平女士不是說，她不加入任何團體，都靠自己嗎……」

「好像有，快結束的時候。信輔，你還好嗎？長訪談太累了。」敏宜見他臉色很不好，善意遞上一瓶水。

「剛剛平女士送我們離開別墅，就有一輛白色轎車開進來，我看到開車的人正是平女士，但身穿黑衣服，原本我想，可能平女士動作比較快吧，將停在外面的車子開進來。沒多久，我又看到一輛紅色轎車開上山，開車的仍然是平女士，這時我就覺得不對勁了，後來又陸續跟幾輛車會車，全都是平女士。之後我就只想著能平安下山，一直到看見麥當勞我才安心。」隔天他們在雜誌社，用電腦點開採訪的照片，果然也拍到其他隱身在豪宅內的平女士。她自帶體系，毫無疑問是超級球星。

27 白手起家

一

去年臺北中正區一棟四十六年舊公寓五樓，有戶人家一夜自殺，夫妻與三個孩子同時死於屋內。因為生前這棟房子曾帶給他們極大的不幸，所以他們想搬家。但是他們已經死了，能找誰來幫他們搬家呢？一家經過開會討論，找上了最近常來這間房子勘查的設計師姚先生。

姚先生受旅居美國洛杉磯的屋主委託，必須按時完成新裝潢，才能方便屋主把房子租出去。工作期間他常常在屋內看見幻覺，次數多到難以科學解釋，直到某次倒垃圾與樓下鄰居懇談，才知道這是一間充滿悲傷過去的房子。因為屋主早已處理掉網路上關於凶宅的新聞，為了釐清真實與幻境，姚先生獨自來到市立圖書館調閱往年的舊報紙，查出案發當時警方為了釐清一家人的死因，將他們一一解剖，證實五人因瓦斯外洩造成集體一氧化碳中毒之外，實際上五人也有被下毒的反應，另外警方也注意到其中兩個孩子有割腕的痕跡，是一個多重的複合型態的死亡方式，可能包含自殺也包含他殺，只是眾人的主要死因仍與瓦斯最相關。

隔天再訪公寓的姚先生重啟幻覺，但「他們」態度誠懇，不同於一般傳說中的鬼怪那麼恐怖，姚先生就以對待客人的方式與其互動。經過許多努力，終於幫他們覓得一處閒置五十二年的日式老屋，於是進行下一步。為了帶他們到「新家」，設計師找來民俗專家協助。民俗專家按照一般自殺者需要的流程舉辦各項儀式，卻無法順利搬家。不得不回到上個階段的疑問，要讓大家沒有罣礙的離開公寓有個前提，首先必須釐清大家的死因。民俗專家一再詢問誰不是自殺的？大家開始面面相覷，五人都表明自己是自殺，同時否認殺害家人。民俗專家莫可奈何的離開了，畢竟法師不是偵探，倒是姚先生很有耐心的繼續詢問他們的死因，果然很快問出一些蛛絲馬跡。

首先這是一個貧窮的「失敗者家族」。晚餐時間召開家庭會議，爸媽共同告訴孩子，爸爸失業了，媽媽好多年都沒工作，家裡經濟困難，表示爸媽都不想活了，問孩子要不要一起死？小孩靜靜吃飯沒有回答。一心尋死的夫妻讓他們自由選擇，不管如何爸媽今晚都會自殺，想想到底要一起死？還是獨自活下去？夫妻倆覺得這是一次很好的機會教育，活下去就得學會獨立，得自己租房子、自己煮飯、自己洗衣服、自己賺錢繳學費、自己準備早餐。他們管教孩子一向民主，相信孩子都有獨立思考判斷的能力，並不想干預他們的決定。最終，孩子都想跟隨父母去死。哥哥因為考試一直作弊，早就被同學們排擠。姊姊剛跟初戀男友分手，已經是第三次劈腿了。弟弟則每天到校之後就開始被霸凌，沒有一天停止。妹妹說大家都死了之後，自己也不想活了。不過他們都是新手，第一次自殺毫無準備，所以連自殺都失敗了。倒是爸媽生命歷練豐富，早有準備，很快進入狀況，不出一個小時就死成了——夫妻混合多家藥廠的安眠藥，各抓一把吞下，再由妻子負責開瓦斯，檢查門窗有沒有關好。哥哥選擇上吊，繩子綁不牢跌坐在床頭暈了過去，起來後發現爸媽死在主臥室，整個家瀰漫著瓦斯味。姐姐在房間割腕，鮮血沿著桌角滴落。弟弟也吞下好幾件心愛的玩具暈倒在房間地板上。妹妹躺在床上，看上去半死不活的。無聊的哥哥沒死成，一個人窩在客廳沙發滑手機，正想傳訊問朋友該怎麼死，就吸入過量瓦斯先走一步了。隨後弟弟醒來，他搖不醒爸媽，再到姊姊房間看見姊姊割腕，便有樣學樣的劃了自己的手腕幾刀，再回到哥哥身邊躺下，因為哥哥平時都會分他零食，也死了。失血而暫時暈過去的姊姊醒來，看到大家聚在客廳，就也為自己找了一個舒適的位子坐下，最後吸進太多瓦斯，也自然離開人世。唯一逃過一劫的妹妹，因為不知道該怎麼死，但既然一定要死，希望死前能再舒服一次，躺在床上自慰，這是她最近房間內的新秘密，最後把自己玩得太累睡著，隔天醒來發現大家都死了。

二

看了媒體報導的知名導演和編劇來到這裡，第一印象很好，覺得是個很適合拍鬼片的空間。於是屋主聯繫了姚設計師，請他按劇組需求進行裝潢。電影開拍後，屋內的鬼被導演要求加入拍攝，但他們對自己沒信心，拒絕出演，劇組賄賂這家鬼不成，改以恐嚇的方式，這家鬼害怕威脅，因此答應了劇組。這讓姚有點生氣，此時，姚設計師已經收養了他們家的小女兒，姚罵他們一家懦弱，死後仍改不了逃避現實的個性，某種程度上，他們的本質一點也沒改變。不過商業操作是成功的，導演到凶宅找來真鬼拍片，上映第一天就引起轟動。這個自殺家族的親戚也在他們家死後第一次露臉，共同參與本片拍攝，他們的心裡非常充盈，感覺重新找回家族之間的那種聯繫，甚至有種光耀門楣的榮譽感。他們一家能做到這樣，在人世間受的折磨也都值得了。喪禮沒有出席的人，都出席了電影的首映會。

三

「看到了沒有，做什麼都比別人慢！」媽媽罵完爸爸，關掉電視，說爸爸一定會殺了我。爸爸看著我沒有否認，只說：「應該是趁媽媽睡著之後進來掐死妹妹……」於是我們一家人各自回到房間，想想如何用自己的方法自殺，如果沒死成，爸媽睡前會開門進來檢查。「家裡一個都不能留。」當晚臺灣又傳出數個失敗者家庭集體自殺。這些自殺家庭都在最後的晚餐結束前，召開家庭會議，父母一如往常開明，理性的要孩子自己選擇。於是媽媽也在飯桌前，舉起蒼白纖弱的手，然後開口：「爸媽有話要跟你們說……」隨後，大家各自回到房間苦思自殺的方法，一方面也好奇爸媽與其他兄弟姐妹會用什麼方式，解決這個實際的問題。

直到有人打開我房間的門……

28 孑然一身

三十三歲的唐姓女藝人以往情路坎坷，近日因為主演一檔驚悚片爆紅。

她透過朋友介紹交了一位圈外男友，一個月後經紀人接到狗仔來電，表示拍到一系列她與男人車震以及公開舌吻的不雅照片。記者在電話中說，公開不公開？決定權在你們。公司老闆覺得唐筠蹲了這麼多年，眼看就要星運大開了，於是毫不猶豫砸錢把消息壓下來，但也要求唐筠下次務必不能再被拍到了。唐筠對公司十分感激，她也很看重自己的事業，為了前途當晚便向圈外男友提出分手。男友當街痛哭挽留，搞得唐筠十分兩難，接著男友使出各種苦肉計，一再保證絕對不會被拍到。絕對保密的前提下，女藝人終於被說服了。

兩人繼續交往了一年。隨著戀情加深，雙方見面的次數越來越多，在公開場合的互動也不禁越來越大膽。他們幾乎天天晚上都膩在一起，唐筠甚至有了息影結婚的念頭。七夕那天，女藝人特別向劇組請假，期待與男友共度情人節。他們去了一趟澳門，前所未有的美好體驗，一如既往地親熱，但也確實太誇張了。他們公開出雙入對，去了好多個想去卻一直沒辦法去的地方，一再地忘情擁吻。唐筠心想，這次一定被拍到了。

經過一段時間，依然沒見到任何關於自己的八卦見報，讓唐筠開始懷疑自己是不是過氣了。直到某日經紀人安排她與公司老闆吃飯。他們聯手逼問她晚上出門到底都在做什麼？唐筠不動聲色，敷衍說只是跟朋友一起出去玩，老闆聽了，先肯定她，卻也叮嚀她別再給公司添麻煩。

幾天後某八卦雜誌出刊，大幅連載女星唐筠疑似精神異常，獨自在國外自言自語嘻嘻哈哈的一系列照片。唐筠看完雜誌後，大鬆一口氣，當晚既興奮又開心地拿著雜誌問男友：

「怎麼做到的呢？」

「隱形嗎？」

「真不可思議！」

「實在太高明了！」

然而男友就是不說，一副高深莫測的樣子。

隔天一早，造型師幫她上髮卷的時候，她又得意的取出雜誌來翻，這次她開始注意到這些照片似乎有些問題。她仔細看過每一張照片，回想整個約會過程，卻還是想不通男友是怎麼躲開鏡頭的。被P掉了嗎？結束一日的錄影活動，唐筠疲憊的回家，淋浴時閉上眼睛，忽然想起記者偷拍的關鍵時刻，記得當時男友全程在她身邊，還不斷深情的說：

「我不是答應妳，絕對不能被拍到嗎？」

「無論如何，別再擔心了。」

「我說過我會做到。」

「永遠愛妳。」

回憶中，男友全心全意看著自己一口一口吃飯，然後呢？想到這裡唐筠匆忙離開浴室，拿起那本扔在桌上的八卦雜誌，看著照片裡的自己恍若有病的對空嘻笑，唐筠瞬間覺得毛骨悚然。下一秒，她像是記起什麼——瞳孔放大盯著房間那塊連身鏡，這時已經晚上十一點半了，早就到了兩人每晚約會的時間，她想，男朋友今晚會來找她嗎？

還是，

現在他就在身邊？

29 生無可戀

妻子過世兩年了，一直走不出喪妻之痛的樊世安，偶然在坎城紅毯的報導上發現一個長相酷似前妻的女星桑妮。身為花藝設計師的他，刻意接了許多電影方面的布置工作，全是為了接近桑妮，以此淡化對亡妻的思念。後來他認識許多電影圈的人，取得桑妮個人工作室的地址，開始天天送一束匿名的美麗花束給她簽收，只是想多看一眼她簽名時低頭的樣子，偶爾他會再附上精緻的餅乾、巧克力、藍莓，甚至一份咖啡與輕食。當然桑妮很快也知道送花的人是洛城知名的華裔花藝設計師。日子漸長，樊世安所有的體貼，桑妮都看在眼裡。

風靡全球的國際女明星桑妮，最初是一位充滿演藝天賦的小童星。至今已主演二十餘部知名電影，獲獎無數的她卻因從小看了太多絕世女星因年華老去遭到眾人冷嘲熱諷，所以她勤做保養，不希望自己步上後塵。在她心中女人凋零的分水嶺一般界定為二十五歲，而早在十九歲，第一條皺紋就已經出現。無論如何保養，崩壞那天遲早會來，只是有些人來得早，有些人來得晚，唯有死能終結這一切，擺脫肉體，一切交付給精神。但一個人死太孤單了，她無法獨自面對未知的世界，她交往過的幾位男友都沒有跟她長眠的打算。眼看三十將至，她突發奇想找上那位天天送花給她的男子陪她殉情。他懂她的心情，花也有分界點，時間一到就掉了。交往的第十一天，他們在好萊塢一棟美麗的別墅服用巨量的安眠藥，牽著手相伴。意外的是，隔天樊世安醒來，然而桑妮已經死亡。

樊世安重新閉上眼睛。現在，他只想永永遠遠陪在她的身邊。

30 栩栩如生

教育廣播電臺製作的「百大好律師」專輯，廣受聽友們愛戴，不僅可以知道許多實用的法律知識，也可以體會人間溫情。今天的百大好律師，邀請到曾為多家兒童福利機構給予免費法律協助的許益智律師上節目，歡迎許律師。當主持人問到他，在執業的二十五年期間有什麼印象最深刻的事，可以在空中與大家分享？許律師想了想，終於決定告訴我們這則故事：

十年前有個楊睿庭小朋友是個很特別的案例。他的雙親平日忙於工作，三歲以前的他被送到一位保姆家，接受保姆一家人全天候的照顧。這位領有執照的保姆，有一套自己照顧孩子的方法。她在成為保姆之前養過許多貓，受到寵物旅館的啟發，也在家中客廳放了幾個大型的透明箱子，將楊小弟等幼童個別安置其中，再平均分配玩具，大家都有得玩。由於手腳並用，直接觸碰物體，這段期間楊小弟展現很強的學習能力。但進入托兒所後，楊小弟經常只有電視、平板電腦作伴，造成他常用的字彙不多，更不善於表達，甚至有些情緒障礙。

四歲半的他最喜歡玩的卡通人物是拉拉熊，最喜歡的遊戲是躲貓貓。如果你問他最近過得怎樣，他會吱唔半天說不出話，因為他不記得與父母或者是身邊任何人相處的點滴，你必須換個說話方式，例如：「最近拉拉熊過得怎樣？」如此一來他就能滔滔不絕的自言自語。有天他的母親看到一則新聞提到教育現代幼兒常見的問題，囑咐電視機前的父母自我評估，務必正視自家小孩是否常自說自話，以及沉溺在個人世界的嚴重性。楊太太發現睿庭幾乎符合百分之八十的項目，尤其會幻想自己是遊戲裡的角色，自導自演起遊戲或卡通裡的情節。她用手機 Google 相關新聞，看見不少敘述：由於小孩還分不清楚虛擬與現實世界，所以會效法跳躍與攻擊等動作。以為自己能飛越建築的跳樓事件不勝枚舉；還有自詡為超人的孩子，在過馬路時衝入車間，兩手按著車前蓋，試圖毀滅車子，或持烤肉用的噴槍四處發射。此外這些孩子還有一項特徵，他們只要跟人起衝突就會面目猙獰，甚至會不斷跺腳、直接咬人、作勢攻擊等等。這類資訊讓楊太太擔心起自己的孩子，她跟丈夫商量，決定向一位精神治療師諮詢情況是輕微或者嚴重。

經過專家評估，睿庭是一個智商很高的孩子，只是父母必須懂得如何引導他。

在治療師專業的協助下，他們約定每日固定撥出一個小時，作為跟孩子互動的時段。媽媽負責跟睿庭聊卡通人物，爸爸負責跟睿庭玩遊戲。很快媽媽發現自己的孩子能完整記誦卡通的情節對白，對每個卡通人物的喜好與經歷如數家珍，他們的配樂、對白甚至是旁白都能唯妙唯肖的重現，簡直是天才。於是她買了全套的迪斯尼卡通DVD，期待睿庭可以寓教於樂。另一方面，父親發現睿庭非常不喜歡戶外活動，他只喜歡躲貓貓，而且他只肯當鬼。父親無法說服他扮演躲藏者，所以只好總是躲起來讓孩子當鬼。某一天父親躲著躲著就不見了，睿庭找不到父親，睿庭的母親也找不到丈夫，於是他們不得不報警。往後失去丈夫的悲傷的楊太太不再與睿庭聊天，但是她偶爾會陪孩子玩躲貓貓，這是她懷念丈夫的一種方式。她特別喜歡躲藏，在孩子找到自己的那段期間放空。只是孩子越來越大了，她可以躲藏的地方越來越少，為了不讓自己的孩子失望，她在家裡買了許多大小不一，形狀各異的木櫃，數以千計的櫃子堆滿客廳、廚房、院子、每個房間，甚至櫃上有櫃，櫃中有櫃，無論橫豎大小都堆疊成每個廳房可以容納的最大極限。

最後，作為母親的楊太太實在藏無可藏了，不得不說服孩子換一種遊戲：換媽媽當鬼。奇怪的是，答應母親的楊睿庭小朋友卻從此消失了。楊母在通報孩子失蹤後，日日以淚洗面，等待無果的期間最是煎熬。她在朋友的關心與協助下，將孩子與丈夫的照片製做成立體投影，反覆在家裡播放一家三口過往的影片，仿若他們從沒離開她身邊。

幾個月後，她終於找到他們了，失蹤三年的丈夫和孩子一起回來，一家三口一起玩躲迷藏的遊戲。倒是在外人的眼裡，這家僅存的楊太太也失蹤了。從此這間屋子便荒廢了，裡頭堆滿大量可以容身之鐵櫃、箱子、木櫥等。幾年過去，這間房子被銀行法拍了。相關人員點交房子的時候，注意到房子裡有一個可調式的平臺梯。天花板裡有些細小的嚙齒蟲，循著蟲子的源頭分別找到一家三口，楊家的父母孩子各自睡在廚房、客廳、臥房裡的某一口密閉的小櫃子內，彷彿熟睡一般，在密閉空間裡窒息的他們面帶微笑，各自呈現出等待家人來找到自己的幸福模樣，既使背面都被蛆啃透了，五官依舊甜美靜好。

31 載浮載沉

任職於四大會計師事務所的孫正信會計師即將退休，長期合作的傳媒集團請他吃飯。同桌有位想拍新片的導演請問他有沒有故事可以跟大家分享？導演見前輩遲疑了一會，趕緊打圓場說，最近流行拍社會案件改編的電影，所以才會期待孫先生能給他一些靈感。於是孫正信這才決定開口，分享了某次找尋失蹤人口的經驗。他說自己剛好也想聽聽大家是怎麼看這件事的：

三十年前，年輕的江榮進，我高中同學，住在新莊老家跟父母一起過生活。老公寓沒有車庫，只能長期將車子停放在社區右側的公有停車場。

這座停車場不收費，位在運動公園與生命紀念館，也就是納骨塔之間的畸零地，是一塊地圖不太會標示的區域，平日只有運動的民眾和去祭拜先人的家眷會使用。某一年，公有停車場旁邊開始出現一塊由私人經營的露天停車場，入口看板規定單日收費上限350元，如果加入會員可享有多一點折扣，按照選擇的車位月繳2500元至3500元不等，同時預繳半年更有85折優惠。這些金額，我已經先換算成今天的價格，大家比較好有概念。那時候運動公園在整修，公有停車場連帶被封起來，江先生不得不向私人停車場短租兩個月。

某個深夜，加班的江先生，我那同學自公司返家，停車時發現一輛白色豐田的車內燈亮著，大概距離他的停車格十五至二十公尺遠吧，在黑漉漉的停車場中格外引人注意。疲倦的江先生，我同學遠遠瞥了一眼，停好車便離開停車場。隔天晚上，我同學想開車去買個麵包的時候，他看見昨晚亮著燈的那輛車似乎移動了位置，但車主依然沒關燈。他心裡覺得奇怪，但開車出去轉了一圈，回來倒也就忘了。隔天白色豐田又出現了，位置與他停車格的距離更遠一些，車內依舊亮燈。再過兩天，那臺車再次出現，而且今晚只隔一臺車，於是他好奇的走近。白色豐田的車內很一般，什麼特別的東西也沒有，我同學覺得無趣，嘴「呿」一聲就走了。

經過一週，白色豐田居然亮著室內燈停在了屬於他的停車格。他環顧四周，停車場很空，隨便就能找一個空位，於是也就沒想追究。往後幾天白色豐田就這樣沒有熄內燈，占用他的位置。直到那一晚，加班夜歸的江先生，我同學正要停車，看著這輛車繼續停放在自己的位置，這讓他有點不是滋味，「那明明是我的位子。」他多看一眼，發現車子竟然發動著，沒熄火。我同學刻意把車子停在豐田隔壁，他激動的下了車，急忙要上前跟車主溝通，卻在鎖好車時瞥見那輛車的駕駛座、副駕駛座、後座各有一個人在睡覺，那感覺真是說不出的詭異。這名江先生，我同學頓時立刻掉頭，迅速離開停車場。回家的路上他越想越不對，越想越害怕，猶豫到最後他抽幾根菸就報警了。怪的是當警方趕到現場的時候，白色車子已經不見了。

相對於員警覺得莫名其妙，我同學江先生反而鬆了一口氣，也算放下一顆忐忑的心。回家沖澡時，他突然記起那輛白色豐田的車牌，而且無論做什麼事情，那串號碼就是一直浮現在腦中。江先生總覺得有什麼不對勁，卻又說不上來，小時候自己連父親的車牌都記不得，沒想到出社會後記憶力反而變強了？睡前他把這件事告訴同居的女友，女友聽完說，江先生只是被別人占了車位，天天盯著人家的車牌，不記下來才怪。總之又過了好一陣子，直到下次繳停車月費時，他看到登記的本子裡出現那組車牌，白色豐田竟然租了他的位子一年了？他再仔細看，原來自己停錯了，隔壁才是他的位子，可是對方如果是長租停車格，為什麼又不按規矩停放？車上那三個人為何在要停車場睡覺？又為何經常亮著燈？懷抱這些疑問的江先生，我同學，當晚就看到那輛車出現了，車內亮著燈，於是他好奇走近，偷看裡面，裡面什麼也沒有。然後他一轉身就感覺那個車內燈一暗，他想是車子沒電還是車主來了？於是他回頭，車內雖暗，還是能清楚看見那三個人睡在車內。但那天之後，再也沒看過這輛白色豐田。

半年後，警方根據線索找上我同學江先生，請他協尋半年前被通報失蹤的三人。他還清楚記得車牌和三個人的外貌，總之人車一切特徵都對上了，但是我同學江先生，始終無法確認那晚車內的三個人，究竟是活著還是遇害了。

32 一牆之隔

私立貴族學校找來嘻哈ＤＪ主持畢業典禮，規劃白天在草地上舉行，打造如胡士托音樂節般的音樂盛宴。比較不同的是，為了襯托孩子的純潔無瑕，並留下一個純潔的回憶，畢業生都穿上神聖潔白的校服。現在ＤＪ準備好了，今天他只想讓畢業生感受一場青春風暴。ＤＪ音樂一放，嗩吶聲中，竟是喪禮的音樂，臺下也議論紛紛，但ＤＪ明明沒有準備，也未曾接觸過這類的音樂。ＤＪ想是校方搞烏龍嗎？原來這是ＤＪ的喪禮，只是靈堂與隔壁舉辦畢業典禮的學校，僅有一牆之隔。

33 神乎其技

夜深了，剛洗完澡的黃同學出門買宵夜，路過一排夾娃娃機店，看到裡頭有個閃亮的新機種擺了五隻十二吋的旅蛙。他反覆投十塊錢，用又鬆又小的爪子試了幾次，沒有成功，又失敗了兩次。店裡一個人進來，又出去一個人，覺得無趣就走了，只剩黃同學還在嘗試。

稍後有人持槍抵著他的腰際，請他務必夾出店裡的某支手機。一名全身散發濃烈香水味的男子，站在他身後，並給了他一些指點。原本就未必夾得到的黃同學，因為慌張，更難如願了。他不知道對方拿的是真槍還是玩具槍，最後在零錢用盡前，好不容易夾到了！男子立刻要黃同學掏出洞口的獎品，發現只是個空殼，他怒踹機器還不足以洩憤，於是朝黃同學開槍。

天亮的時候，眾人陸續清理現場，積滿灰塵的機器被仔細擦拭，表示電源正常供輸的燈泡也再次亮起，配合內建的可愛聲音，繼續吸引經過的路人。整排店家口徑一致，身體強壯的黃同學是送到醫院才往生的，換言之，這排店面沒有凶宅的疑慮。發生這種凶案，不但沒有嚇走顧客，反而吸引更多人上門。往後這臺夾娃娃機依然閃著燈號，夾子仍舊鬆到不能再鬆，然而原本因為商區沒落才暫時頂替的夾娃娃機店，如今天天爆滿，很多年輕學子奉黃同學為夾娃娃機之神，每當現場莫名出現香水味，即是他顯靈加持，更容易夾中娃娃。就這樣誕生了一位新神。

34 白屋人家

一

二〇一五年臺南經歷恐怖登革熱死亡二百一十二人，之後一家簡餐店每天傍晚結束營業前都會往門口水溝噴灑大量殺蟲劑。隔天清晨到店裡備料的時候，店主人清掃門口，先是死蟑螂，之後是死青蛙，再來是死老鼠，死貓，死松鼠，死鳥，死狗，後來從門口這些死亡的動物身上，發現不尋常的小東西。最初只是空中一個白色的飛點，越來越多，逐漸瀰漫開來。這種白色小蟲，被稱為白蚜，如今無數的白蚜布滿天空，現在人們就像是從白蚜中看世界。

二

白蚜具有各種不同昆蟲的形狀，但差別在於，白蚜是淡白色半透明的類似昆蟲的動物。原本昆蟲學家認為白蚜與昆蟲的關係，就像哺乳類與有袋類、鳥類與反鳥類，將白蚜歸類為一種因趨同演化產生與昆蟲相似外型的「白昆蟲綱」。然而今天「白昆蟲綱」的生物分類級別，已徹底從林奈生物分類表中刪除了。透過分子生物學的研究，學界普遍認為，白蚜不是昆蟲，更不是生物。所謂白蚜不是真正的蟲，而是蟲子的鬼魂。因此白蚜根本殺不死，白蚜本身就是人類屠殺了太多昆蟲，因而大量堆積在這個世上的昆蟲的幽靈，可以想像為地獄之門因為在一百年內塞進太多昆蟲亡靈而堵塞，回湧到人世間的一種溢流現象。

三

一位可以看見鬼魂的老農夫，許多往生的昆蟲，都會來他的田覓食。雖然田裡很多蟲，但因為都是蟲子的幽靈，實際上田裡的作物並沒有真的被啃食，長期以來他都與這些飛在空中的小小亡靈們相安無事。牠們只是需要一個環境安頓牠們的靈魂罷了，老農說，昆蟲死後的靈魂，不斷積聚在世界上，你總得讓他們有地方去。

35 臨危不亂

有人在我耳朵塞棉花？

到底是誰，在夜裡，在我做夢的時候，往我的耳朵塞東西。我用小指頭摳了右耳，摳出了一塊棉花。每天睡覺之後，都有人在我耳朵塞東西，我把這個煩惱告訴家人。

么妹不以為然的說，也許是長蟲了，蟲子吐出像風一樣輕軟細柔的絲，再結成棉絮一樣的網子，那個東西十之八九不是棉花。為了應證么妹的假說，我跑了一趟診所，診所查不出什麼原因，但見耳道被我摳得紅腫可怕，所以協助我轉診到大醫院的耳鼻喉科，進行更專業的評估與檢查，然而依然沒有辦法給我一個解答。

最近一直下雨，妳的耳朵有點發霉，有個醫生這麼說。連續給醫生清潔了三個禮拜的耳朵，什麼事也沒有了，不紅不腫，沒有任何病徵。

然而，我還是常感受到耳道被人做了什麼不好的事情。

36 出爾反爾

一名超商店員想不起昨晚的夢，上班時不斷嘗試回想，直到快下班的時候超商發生搶劫，才恍然想起，昨晚夢見自己遇上搶劫，被砍死於收銀臺前。

37 代罪羔羊

臺北有位母親透過手機監視器，看見褓母虐待她的兒子，母親急忙趕回去，只見褓母已被兒子殺死，母親為保護兒子，刪除監視器畫面，午睡夢醒，看手機畫面兒子不見了，擔心，打電話給褓母沒接，請假趕去，褓母說小孩自己玩摔到頭，已送醫，母趕到醫院，後悔睡夢中刪除所有畫面，兒子仍在急救，等候時做夢，母親在夢中殺了褓母，褓母先醒來，怕被告，趁該名母親在醫院睡夢時掐死她。

38 妙語如珠

結婚三年的佘語潔最近因個性問題與丈夫發生一些摩擦，彼此惡言相向。往後每當她獨自一人的時候，就會想起初戀男友的好，想著前任對自己的溫柔體貼，她時常感慨：如果平生沒有機會再見一面了，哪怕是在夢裡重逢都好。前些日子丈夫告訴語潔自己每晚都做惡夢，不斷夢見一個年輕男子來找他。從那天起，丈夫每天會跟語潔說一些昨晚的夢的片段。夢中男子的樣貌，以及這名男子發生了什麼事情。語潔聽丈夫的描述，總覺得這個男人與前任十分相似，儘管她看著丈夫為此不堪其擾，卻也幫不上什麼忙，反而希望丈夫透露更多夢中的消息。後來丈夫對她的態度開始轉變，帶她去和前任曾旅遊過的地方，吃著前任喜歡吃的東西，最後甚至會講出前任習慣說的話。這一切都是受夢中男子的影響吧！只為了實現前任當年愛她、守護她、讓她快樂的諾言。但是這些兌現的行為，沒有讓語潔感到一絲開心，反而讓她覺得不寒而慄。她不知前任是生是死，他如何找到我？又為何不來找我，反而侵入丈夫的夢？事到如今，丈夫的轉變是前任在夢裡跟他說了什麼，影響了他，又或者是前任早已附身，侵占了丈夫的軀體？總之丈夫這陣子持續做著惡夢。後來她終於受不了了，恐懼不已的她，非常思念自己的丈夫。今天她做好一切準備，拿著刀子與購自道壇的法器，對著溫柔的丈夫攤牌，你是誰？我們早就分手了，快把我先生還來！這時丈夫才要她冷靜，坦言其實每晚做夢的人是她，丈夫只是轉述並實踐她自己記不得的夢境而已。

39 心懷鬼胎

臺北有位大學生劉芊愛曾為男友墮胎三次，畢業後四年，男友成為她的丈夫。婚後他們生下一個健康可愛的小男孩，一家三口在高雄過得非常幸福。兩年後她懷第二胎，自從產檢得知性別後，她就非常期待女兒的出生。沒想到，她私下告訴兒子即將有個妹妹的隔天，丈夫任職的外商公司卻宣布撤離臺灣，丈夫也被資遣，考量她腹中的孩子還沒滿五個月，於是丈夫再次開口要她拿掉。

「妳很有經驗了，不是嗎？」「還介意什麼？」

「理智點，行嗎？」「還是要全家陪妳茹素？」

丈夫都說到這了不理解她為何拒絕。

生過孩子的劉芊愛，心境已經和當初不同了。以前她愛這個男人的心，勝過愛孩子，為了這個男人，她什麼都願意放手。但如今生過孩子的她，愛孩子勝過這個男人。為了孩子死都願意。她與丈夫起了矛盾，經過幾次口粗伴隨手腳衝突的激烈爭執，劉芊愛照例在婆婆的曉以大義與陪同之下，到之前常去的診所，趁早將其處理好。這次小產的孩子較大，她不敢想像小小的她是不是已經長出骨頭、有了臉孔。在休息室等待恢復的時候，她虛弱地滑著手機，才得知二十一周四百公克的早產兒已有一絲存活的可能了。返家後，臺北娘家的母親南下幫她做月子，安慰她說：「就當一次小產吧，妳現在還年輕，想要女孩，再生就是了。」經過一個月，她的小腹微微隆起，丈夫瞥了眼酸她，沒生孩子還胖了。夫妻感情不睦，分房期間月經一直沒來。她說服自己墮胎之後的複診一切正常，確實是小產做月子的時候，多吃胖了。

再幾個月，她的肚皮大得掩不住了，丈夫覺得有必要帶她去別間婦產科檢查。連續幾位醫生都查不出她的子宮為何脹大，超音波檢查都空空如也，夫妻四處求診，感情反而因此修復。其實除了停經，身體一切都正常。隔週她開始上健身房，特別報名打擊小腹脂肪的重訓課程，認真鍛鍊一個月，腹部卻沒有瘦下來。最後劉芊愛決定直接去抽脂，丈夫還沒找到工作，勸她不要花錢傷身體，哪怕是一萬塊都該量入為出。她沒把先生的話放心上，反而覺得，只要方法對了應該對健康影響不大，花錢又如何？骨肉都能拿掉，何況脂肪呀，她想開了。腹部環抽那天，醫院為她半身麻醉，可是她卻不知為什麼疼痛到昏厥，儼然是歷經生產的陣痛。那週她在醫院躺了五天，精神逐漸恢復才回到家中。返家後，她與兒子不斷聽見嬰兒強而有力的哭聲，每隔三四小時就哭，不分日夜地反覆哭嚎。整整持續七個月，可是她偏不以為意，十分堅信是屋外的野貓發情，沒有任何動搖的告訴兒子那是外面動物的聲音。半年後哭聲漸少，可是兒子開始在家裡看見一個小女孩，他稱她作「妹妹」，成天跟她互動。家裡開始頻頻出現意外，某次吊燈墜落的時候，兒子指著燈叫妹妹別搖了，一副千真萬確的模樣，說是妹妹趴在上頭搖晃。隨後陽臺的瓦斯管線外洩、堆成小山的髒衣服無故自燃、電鍋旁的酒瓶預熱炸碎、半夜冷氣一再停止運轉，各式電器短路、起火、冒煙。每次兒子都會告訴她和丈夫，妹妹是如何引發意外的，兒子一再表示自己不喜歡「妹妹」，早知道是弟弟就好了。起初丈夫壓根就不信，然而警方調查起火點的報告書，卻又顯示孩子的說法有些根據，丈夫越是想方設法驗證，越是生氣，覺得一切都是兒子太頑劣所致，調皮又不知輕重與危險，撒謊成性，懷疑兒子偷偷玩火，再推託到莫須有的妹妹身上，被父母視為鬼話連篇的小孩。從此父母越處罰他，他就越加仇恨自己的「妹妹」。

丈夫見所有的懲處都不見效，開始對兒子暴力相向，芊愛則尋求理性的諮商，卻都無法解決問題。這週她開始轉向宗教，接觸一些靈媒，有名自稱見過她「小女兒」的道姑說，小女兒很想家人，希望爸爸、媽媽、哥哥與她團圓。可是一家要如何在不同的世界裡團圓？她為此感到不知所措。隔天一樁大火，平息芊愛家中一切的不愉快。靈堂前，她的婆婆即將送走三位晚輩，每天淚如洗面。告別式那天芊愛母親上前跟親家母說，我們彼此節哀，孩子再生就有了。

40 耐人尋味

最近天氣熱，許多人都說自己吃壞肚子，臭屁頻頻。

一開始大家都不相信排氣增多會傳染致命疾病，但悲劇往往就在眾人輕忽的情況下發生了。以下是我們家去年在這場「屁流感」中的真實經歷。

我的母親是和平醫院的護理長，二〇〇三年她剛從護理學校畢業來到醫院工作，就遇上國際知名的 SARS 封院事件，好不容易熬過封院期間，活著走了出來，但隔離十四天所造成的創傷後壓力症候群（PDST），讓母親從此對於這類大規模的傳染病非常的敏感，甚至可說過度敏感了。例如後來一種類似 SARS 的 MERS 在中東以及韓國流行，我母親是那時候少數嚴陣以待的醫療人員，每天關注國外 MERS 的情況，整理成報告呈遞院長、主秘，目的也是希望能夠謹慎小心，避免當年封院的慘劇再度發生。不過那噁心的味道，還是悄悄來襲了。

最早於二〇二三年秋冬之際的臺南一帶發生。當時臺南市政府不顧市民抗議，強制執行刨墳政策，計畫把南區比紅毛城還古老，始建於荷蘭時期的南山公墓納入都市開發案中，於是從荷蘭、明鄭、清代、日治到戰後，四百年文化縮影，臺灣一塊最有可能登錄世界文化遺產的地方就這樣毀於一旦。正當政府官員忙於強拆古墓，民間團體忙著抗議陳情，學者努力搶救文物的時候，災厄已降臨臺灣。

回溯一個月前，承包商炸開荷蘭古墓群的無主墳，當時學者就發現這批古墓形制特別，與其說安葬，更像是要封印什麼，但墓碑上的西拉雅文難以辨識。原本希望詳細考察完再拆除，但那天有三名工人「不小心」就撬開了，工務局陳科長則在現場督導，一名臺南當地年長的文史工作者獲得消息後趕到現場阻止。工人掃去震碎的殘礫，看見大約兩米深的洞穴。工人因為施工，帶著口罩與安全帽，倒是一旁的學者與官員首當其衝，那時候他們只聞到一陣奇異的酸臭味，尚未意識到這團空氣有什麼危險。一週過後，老學者與陳科長皆出現類似流感的症狀，包括發燒、頭痛、流鼻涕、全身酸痛，胸部X光檢查可發現肺部病變，同時開始不停放臭屁。臺南的阿姨說，因為獨居的老學者僅傳染給兩名老鄰居，兩名老人再傳染給其他有過接觸的老人，所以最初在臺南感染的都是獨居老人，即便七日後開始不斷排放具強烈傳染性的臭屁，最終也是孤獨死在自家的透天厝，這段期間彷彿自我隔離，沒有大規模擴散可以說十分幸運。

然而執行古墳開發案的陳科長，每逢雙週需要北上開會報告進度。月底他按照往例北上，由於不知道自己已感染致命病菌，以為腸胃一向不好，堅持抱病覆命，沿途在高鐵、臺北捷運、公車等大眾運輸系統中釋放熏人的噁心臭屁。好不容易抵達中央開會，不時排出臭氣干擾議程，被請出議場之後隨即倒地不起，就近送臺大醫院治療後死亡。

首先意識到這非一般疾病的是我爸爸，臺大胃腸肝膽科主治醫師蔣新華。他偶然聽到急診室醫護的討論，直覺不合理，照說一般腸胃型感冒主要症狀為嘔吐跟腹瀉，而非放屁，更讓他不解的是，根據往生室員工的說法，陳姓官員的大體依然在放屁，不時發出聲響驚嚇他們，也讓往生室充滿異味。回家之後，父親在餐桌前向我們提起這件有趣的事，母親聽了卻非常不安，她擔心類似當年的SARS，要求父親如果接觸到放屁的病人，一定要做好防護措施。隔天母親也常打電話給正在看診的爸爸，提醒他戴口罩，造成爸爸不少困擾，但爸爸沒有生氣，只要她趕緊幫忙添購一臺空氣清淨機。然而，事情卻完完全全照我母親擔憂的方向發展。

接下來兩個禮拜，陸續出現不斷放臭屁的感冒病患，全被視為腸胃型感冒治療，大部分都沒做流感快篩檢查，即使做了快篩，結果也是呈現陰性，使得臺北錯過第一時間的隔離防禦，造成不可收拾的情況。這時候，臺北市的捷運、公車、公共場所，到處都充滿濃濃屁味，不時能聽到放屁的聲音。根據我已經過世的同學寫在臉書上的文章，他說一開始只是感覺屁變多了，偶爾咳嗽，但還沒有感冒發燒的症狀，接著放的屁越來越多，連睡覺也會放，一個禮拜後，變得無法克制，每天都肚子脹，雖然放屁能舒緩些，但不久腹部又開始積氣，沒多久又想放屁了，整個房間、整個家都是那種味道，根本也不敢出門，就怕在人多的地方放屁，被投以嫌惡的眼神。他說不知道該怎麼辦，就在充滿屁味的房間中上吊自殺了。其他同學轉述，警方卸下上吊的屍體時，屍體仍持續排氣，原本以為他一息尚存，沒想到只是讓更多在場的人被傳染。由於母親嚴格要求我們一家出門都要做好防護，戴上手套跟口罩，所以家人並沒有出現相關症狀。

就算戴口罩，捷運上仍然隱隱能聞到屁味，每個人也都緊皺眉頭掩鼻，戴口罩的人越來越多，「屁流感」這好笑醒目的標題，也逐漸在網路、新聞、談話節目上傳開來，最初確實很好笑，每天不停炒這個話題，但隨著幾位較早被感染的重症患者陸續過世，那屁味不再讓人發笑，原本嬉笑怒罵的名嘴也不約而同沉默下來，最後換上如喪考妣的面容，因為此時臺北幾乎到處都是那股屁味，如同毒氣般讓人感到沉重、窒息。

巧的是，由於正處於流感好發的十一月，幾名屁流感的病患剛好也得到一般流感，防疫當局以此認定為流感傳染，只是今年症狀表現以消化道為主，忽略了「非典型肺炎」的可能。也是這個時候父親開始覺得情況不對，向感染科的李鏘翔主任提到這件事，一個月前在院內病死的臺南陳科長可能是第一位這種非典型肺炎的病例。由於屍體已經火化，他們調閱病例後發現，死者的肺部有大片陰影，確實遭到感染，死因為心肺衰竭死亡。再調閱其他屁流感的重症病患，同樣是肺部有陰影，心肺功能也隨著排氣的增多、味道的加重，而越來越嚴重，整個負壓病房都是難聞的屁味，必須放二到三臺空氣清淨機。但對於不斷放屁這件事，從未有醫生針對消化道進行詳細的檢查。於是感染科與胃腸肝膽科合作，先將糞便送驗，並對重症患者進行腸胃道內視鏡檢查，發現理應排空的大腸竟充滿不斷增生的白色絲狀物，初步檢驗後發現是一種真菌的菌絲，而糞便檢查的結果，雖然外觀跟顏色目測正常，但其實糞便表面沾黏大量的褐色孢子，類似竹蓀菌帽上那層褐色黏液型態的菌孢，肺部的陰影在切片後，也確定是真菌感染的發黴團塊，臺大醫院也因此連夜緊急找來寄生蟲學科的教授加入團隊。

三天後臺大院方召開國際記者會，提到目前臺北盆地所出現的「非典型肺炎合併腸胃道感染衰竭案例」，依據過去 SARS 的經驗，暫名為「嚴重急性腸胃道症候群」，然而不同於SARS的是，這種疾病並非病毒感染，致病原是一種不知名的真菌病原體，可能類似寄生在蟬身上的 Massospora cicadina 或 Cordyceps sobolifera 之類的真菌，簡單來說，就是黴菌感染，可以再具體地把人想像為冬蟲夏草。瀰漫在空氣中的孢子被患者吸進肺部著床生根，附著在肺部的菌絲開始蔓延，經血液循環將真菌送入消化系統，目標是占領整個腸道，在那裡繁殖孢子，再透過發酵產生的大量氣體排出體外，散播到空氣中，進入下一位宿主體內，完成菌種的生命循環，因此感染真菌的人才會不斷釋放出致命的臭屁，這就是「屁流感」的標準傳染途徑。可怕的是感染後期，整個人成為菌核，持續在腸道製造氣體排放孢子，直到宿主的養份全被吸收完，這也是為什麼屍體會持續排氣的原因。從感染到發病，潛伏期約二十一天，最初為感冒發燒症狀，但只要開始不正常排氣，表示真菌已經在腸道內繁殖，截至目前死亡率高達百分之五十，六十五歲以上的患者死亡率更高達百分之百。至於大家最關心的治療方式，目前只能以抗真菌藥物全身治療，但真菌與人類同為真核細胞生物，相同的藥劑也會傷害人類正常細胞，劑量過多易造成宿主死亡，劑量不夠又無法殺死寄生的真菌，這也是爸爸反對政府隱瞞疫情，建議臺大召開國際記者會的目的，將「屁流感」資訊全數公開，希望國外的醫學研究單位能幫忙尋找治療方法。

消息公布之後，口罩瞬間被搶購一空，重現當年SARS肆虐的情況。母親緊盯著疫情記者會上的父親，他已經三天沒回家了，妹妹年紀還小只會哭，她真的非常害怕失去爸爸。母親告訴我們，父親應該是在做自主隔離，避免將真菌帶回家，至於那時候父親到底有沒有受到真菌的感染，我們真的不知道，可以確定的是，父親在後來的疫情中也感染喪生了，成為眾多殉職的醫護人員之一。母親隔天照常到和平醫院工作，由於疫情發展迅速，他們兩人各自在不同的醫院照顧病患，防堵疫情，再也沒有見過面。

疫情的發展以臺灣人口最為稠密的盆地為中心，感染人數每天都在增加，市中心的臺大、北醫、榮總、聯合等大型醫院，早已成為臺北市抗疫的最前線。當臺北市的感染確診人數超過一千人之後，市府下令所有市內學校停課，於是就讀大直高中的我，以及就讀金華國中的妹妹，從去年十二月開始將近一個月的時間再也沒去上課過。停課無法阻止什麼，噁心的屁味持續在臺北市擴散，確診病例迅速破萬人時，捷運、公車等大眾運輸系統也停止營運了，同時宣布停止上班一週，面對如此失控的疫情，中央跟市府彼此互相卸責，皆握有對方防疫不力的證據，卻都沒有能力阻止疫情。民眾也只能在網路上痛罵中央與市府防疫不力，無法組織群眾上街頭了，因為人潮聚集在一起只會增加被感染的機會。

父親也是在這個時候表示遭到感染，但他仍透過視訊安慰我們說目前雖然感染人數增加，但死亡率已下降到20%，很快會找到更好的治療方式。母親則緘默不語，或許她已有最壞的打算。後來我也懂了「20%」的意思，無論死亡率之後降到多少，如果人類已成為這種真菌的最終宿主，與真菌磨合達到一個平衡，這對被犧牲的個體來說是悲劇，但對兩個物種來說，只要犧牲五分之一的人，為真菌提供穩定的生存環境，兩種物種就都可以延續下去，人類與各種傳染病的關係都是如此，只是死亡率高或低罷了，以前的天花、黑死病，現在的冬季流感，不都是這樣嗎？人類有擺脫這種真菌的一天嗎？而在擺脫之前，誰會成為獻祭給真菌的人呢？同時大家更熱烈討論病原體濃度與酸臭程度是否呈正比？是越臭的屁傳染力越強，還是不那麼臭的屁傳染力較強？總之，疫情逐漸攀入高峰，臺北的醫院到處都是放著臭屁的病人，早已無法負荷屁流感的病患，更因為占據醫療資源，使得其他疾病的致死率也大幅提高。最初是林口一間醫學中心突然禁止轉送臺北的病人過來，拒絕的理由是院內設備不足，當時林口確實已收容將近兩百位屁流感的病患，是臺北以外最多屁流感病患的醫院，早已無力再負荷，院長更出面含淚拒絕。接著基隆、宜蘭，更遠的新竹、臺中，也都拒絕臺北的屁流感病患轉院，豈知這只是全臺灣隔離臺北市的開始。

臺灣其他縣市雖然也是屁流感的疫區，但病患相對少很多，受到一定控制，對照臺北失控的疫情，遭到外縣市首長們一致撻伐，外縣市的民眾也紛紛要求地方首長防止臺北的病菌蔓延到其他縣市。其中相鄰的新北市壓力最大，當臺北市疫情破萬人的時候，他們立刻在淡水河、新店溪上的數座橋都設置了檢查哨，施行「異味檢測」，阻止臺北的患者闖入新北，更外圍一層的桃園、基隆、宜蘭，也都設置了檢查哨，而國際早已禁止臺北的飛機以及航船，此時的臺北實際上已經進入半孤島的隔離狀態。之後當總統動用行政命令，強制解除臺北市長的職權，解散臺北市府團隊，接手臺北市的防疫工作時，因那時候已接近春節了，外縣市首長即刻發表聯合聲名，在臺北市將疫情減少到千人以下之前，僅對臺北市提供人道物資救援，嚴格禁止臺北市的居民進入。臺北市周圍的橋梁、連外道路，也從原本的檢查哨升格為拒馬，包括臺北橋等交通要道都被封鎖了，全島正式將整個臺北市「隔離」。即便臺北市是中央政府所在地，許多的企業家、各行各業的菁英都匯聚在這個地方，宛如臺灣的心臟，或者以臺灣的大腦來形容更為貼切，但關鍵時刻還是被切割了，任裡面的人自生自滅。總統雖然出面聲明與臺北市民共體時艱，穩住了政局，然而他把自己隔絕在總統府內，那裡或許是臺北市現在最安全的地方。父親在各縣市宣布隔離臺北之前，就先傳訊要我們家三人設法離開臺北，用走的也好。這或許是父親這輩子，唯一一次拋開醫生的身分，所做的私心請求。

收到父親的訊息後，母親說她有職責在身，必須在醫院照顧病患，無法離開臺北，但說我跟妹妹可以想辦法到臺南投靠阿姨，阿姨也打電話來，哭著說只要我們兄妹倆能設法到臺南，她一定會好好照顧我們的。我跟妹妹已經好久沒去學校了，整天在家看新聞，滑手機，或看書，也好久沒打球了，看到許多關於屁流感的消息，除此之外不知道自己能做什麼。我總覺得沒有人來幫助我們。妹說想留在媽的身邊，我也是這麼想。而且與其離開臺北，我更想去臺大醫院看看爸爸，然後母親制止我，打了我的頭，說我只要去臺大醫院就不要回來了！

後來我才知道，感染科的李主任告訴媽，爸的真實情況。原來這時父親已躺進加護病房，他同那些屁流感末期的患者一樣，腸道已完全被真菌占領，產生大量的廢氣，不停排氣，身體不斷被真菌吸取營養，越來越虛弱，除了藥物之外，每日靠洗腸清洗掉孢子，設法延長壽命。

母親告訴我跟妹妹，目前你們還未被傳染，留下來對防止疫情幫助不大，感染了又增加醫院負擔，應該聽爸爸的話離開臺北才對。隔天早上，我跟妹妹起床時，母親已經將早餐做好放在桌上，留下一張字條：「希望今晚回來，你們都不在家。」我們停課以來，整天悶在家，一直想出去走走，所以吃完早餐就按照昨晚跟母親討論的路線，先搭計程車到木柵動物園，動物園的後山有路，從小到大爸媽帶我們兄妹踏青走過幾次。進入山中，我們拿下口罩，終於呼吸到了清新的空氣，但我們一刻也不敢馬虎，只想快步走出臺北市，沿著後山的步道，岔入新北市的產業道路下山，順利在過年前抵達臺南的阿姨家。

走出臺北前，我們回望了山下的臺北。

母親曾說過她被封院隔離的體會，把人封閉在一個房間內，是最可怕的，但隨著封閉空間的擴大，那種恐懼感會慢慢被稀釋，因此宣布封閉一間醫院，把人都關在裡面的時候，剛開始的恐懼感並沒有那麼強烈，這也是為什麼直到最後，沒有人激烈抗爭，拼命闖出和平醫院的原因。如今臺北市因為傳染疾病被封鎖，即便臺北市內已經超過萬人遭到感染，因為空間還很大，還沒有那麼立即的威脅、沒有時時刻刻需要面對，所以許多生活在封鎖範圍內的人，仍然不會當一回事。母親要我們趁大家還覺得可忍耐、可接受的時候快點走。她料想的沒錯，臺北的疫情只會越來越嚴重，保守估計有三萬人感染屁流感，這時才想離開的人，比我們當時困難太多了，大批難民擠在臺北橋，等待快篩檢查的結果，確認健康才准放行，但為求謹慎，一天只開放三百名個人快篩。而總統已經超過三天沒有公開露面了，有人說總統離開臺北躲避疫情，也有人說總統可能也被傳染了，正在接受治療。臺北至今仍被隔離。

事發一百天後，國際通力合作研發出新型抗菌劑，試圖緩解疫情，但效果有限。即便屁流感的危機仍未解除，但專家學者們一直懷疑跟四百年前來到臺灣的荷蘭人有關，才揭開超級真菌的來源。最初爆發屁流感的荷蘭人古墳，陸續挖出一批以西拉雅文書寫的新港古文書，根據西拉雅人記載，當時荷蘭人在太平洋某個熱帶島嶼感染了一種可怕疾病，自大員登陸後，傳染給當地的西拉雅人。這些寫於一六三七年的記載，文字輔以插圖，講述古老屁流感的可怕，珍貴的西拉雅文畫卷，先畫一個放屁的荷蘭人登陸，接著打赤膊的西拉雅人也放屁，下一幅許多腹部脹大的西拉雅人放屁，同時也畫了眾多跳舞的骷髏，再下一幅是火化病逝的荷蘭人跟西拉雅人，但屍體仍在放屁，當時火化的技術還不夠，屍體不容易燒成粉末，雖然火化可以處理中世紀的黑死病屍體，卻無法防範屁流感的真菌。於是最後一幅插圖，先民剖開死者肚皮，丟進用來黏合磚牆的糯米石灰漿當中，再埋進深挖兩公尺的墓穴，徹底封存，徹底阻隔屁味，畫卷中所有人興高采烈，才終結了這一場四百年前宛如末日瘟疫的災厄。

41 不忮不求

一名來自二〇五〇年的未來人，因不明原因從未來到了現在。這名未來人陸續在網路上透露關於政治、經濟、教育、科技、醫療各方面未來的重大發展，並準確命中近期一些例如選舉結果、名人逝世、地震的時間地點強度等，以此證明他提到的那些重大事件在未來絕對會發生，驚動了朝野，大到政治人物、跨國財團，小到藝人、考生，都紛紛留言請求開示。然而未來人相當低調，從未露臉，也不收取任何費用，唯一的興趣就是在網路發表未來事件，彷彿一個活著的AI帳號，但因為未來人沒有信箱也無法私訊，只能公開留言，於是每個人的問題與每個人的未來都攤在陽光下，在他面前彷彿眾生平等，其存在猶如神明一般君臨臺灣。

半年後，有名來自更未來的未來人聲稱知道比那位未來人更未來的事。如同上一位未來人，這名新未來人同樣只在網路釋放消息，例如某位作家今年要出什麼書，哪款手搖飲料今年會大賣，麥當勞會推出哪些新產品，停售哪些產品，年度漢字、年度英文單字等，被網友引為笑柄，剛開始沒什麼人注意倒也一一應驗了，例如 7-11 將在 2019 年登陸沖繩一口氣開十四間分店等等。而在這眾多看似沒啥營養的預測中，他卻明確指出那名未來人前輩將死於二〇五一年。

未來人嫉妒更未來的未來人，好長一陣子沒有發布預言，由於他比他來自更未來的世界，他對他的事一概不知，對付他只能從過去下手。他留意到新未來人曾公開預測自己的奶奶會嫁給誰、並在隔年生下他的父親，然後夫妻失合鬧了許多八點檔俗爛劇情，這種無聊透頂的預言，完全犯了未來人的大忌。於是舊未來人決心殺害新未來人的爺奶，沒想到新未來人早料到舊未來人的一舉一動，先把爺奶接去未來安頓了，並在網路上公布舊未來人的買兇殺人計畫。儘管證據充分，但兩位都是未來人，警方不敢得罪，也就沒有進一步的動作。於是這名更未來的新未來人，決定透過網路向未來人前輩溫情喊話，說明自己來到這裡的目的：

做為一位未來人後輩，無論前輩想對我做什麼都是徒勞無功，你無法知道未來的事，而我卻知道你做過做的每一件事。我的出現是為了告訴你，永遠有比我們更未來的人。

我們為什麼不待在自己的時空好好努力工作？

非要來到過去的時空，炫耀我們那個時空的人都知道的事？

我們的期待，他們的期待，我們能為過去做的最好的事情，

難道只是告知他們未來會發生什麼事嗎？

請記住，這只是告知，不是預知。你只是個未來人，你不是神，你沒有預知能力。

請不要回到過去，假裝自己是位先知。

如果未來不能更改，預先得知未來又有什麼用呢？

就像那部電影，明明只是回到過去，為什麼片名卻叫《回到未來》？Back to the Future，那是因為既然有能力回到過去，我們就要想想如何為過去的人、過去的時空，做更有意義的事，而你在當下所做的事情就是未來，無論你在哪個時空。

沒想到這篇「未來人宣言」，釣出了更多未來人，引發了各國未來人在網路上留言轉發，沒多久國際也順勢成立了一個「未來人協會」，希望能集合更多未來人的力量，為「現在」做點事。於是越來越多人欣賞新未來人的未來式幽默，而舊未來人所告知的

那些嚴肅的未來事件，早讓人覺得跟自己的距離太遠且太不好玩了。人們感覺到，唯有新未來人才是能夠把他們帶向一個快樂未來的人。看著這篇未來人宣言，來自二〇五〇年的舊未來人同樣陷入長考，最後選擇回到他所在的那個現在，等待他被預言的死亡，而那同樣是一個未來人氾濫的年代。

42 飲水思源

一個週末上午，向來注重隱私的馮先生拿著招領單到假日郵局領取掛號，拆信後發現是一張精美的同學會邀請函，隨手就在手機記事本寫下舉辦的時間與地點——中山圓環旁十三層建築。這裡是很多人的童年，在這棟十三層建築已營業三十餘年的龍百貨滿載他們的青春回憶，他們來這裡看了人生第一場電影，吃了人生第一次謝師宴。

幾週後，臺南市建興國中如期舉辦第三十一屆畢業生同學會，馮先生也特地返鄉共襄盛舉，當天人潮將百貨公司的頂樓餐廳擠得水洩不通，該屆出席人數逾二百三十位。馮先生夾帶在人潮中，花了不少時間才認出一桌昔日的同學，敘舊之餘，他也新交了幾位隔壁班的新朋友。

同學會結束，他按手機指示，前往龍百貨相臨的一處當地景點，花園町。

這是一座位於市中心的百年建築群，他進入吳園逛一圈後，在西北角發現一個小側門標示通往龍百貨。馮先生暗自得意，覺得自己發現一條秘徑，心裡估計從百貨公司正門招計程車回飯店較方便，就順著指示走出園子，發現這裡其實還有個一間跟逃生口相鄰的「最後一個展間」，於是他穿過掛滿清代女子衣物的展間，鑽出側門，不知不覺走進一棟陌生大樓的樓梯間，順著樓梯爬高，沿著透明的玻璃帷幕一層層向上到達六樓。這裡的空氣已經很稀薄，但從一旁的玻璃看出去可以盡覽下方的古蹟群，只是密閉的空氣教人窒息，這種不舒服不知道是爬樓梯太喘，還是什麼其他原因，總之馮先生放棄往上，打算返回一樓原點。但是，他喘了幾口氣，又覺得好不容易上來了，不拍一些照片留念有點可惜。為了追求更好的視野，他決定還是再上幾層樓吧。

爬到八樓的時候，視野無比良好，空氣也開始有流動的感覺，於是他照了幾張照片又往上走了一些，不斷地循著逃生通道直達最頂樓，發現是一處紙箱回收處，他拍了眼前廢棄的箱子山，再繞到後面，又發現堆放廢棄模特兒的小山，大批斷軀殘肢被堆成比人高數倍的尖聳三角錐，驚恐卻也讓他覺得機會難得，從背包拿出腳架，在幽暗的倉庫架起適合的燈，打好光線，數次調整角度，忍不住又再拍了幾張。突然一名警衛拍了拍他肩膀，請他離開，警衛說已經注意他一陣子了，馮先生覺得應該是樓梯還是什麼地方架設的監視器，洩露了自己的行蹤，他向警衛說明自己是從樓梯間誤闖員工區的遊客。警衛板起臉孔，指示他盡快離開。可是他按照警衛說的捷徑卻迷路了，這時他開始想上廁所並發現事有蹊蹺，因為警衛是樓頂唯一的「人」，他不斷喊著「警衛先生、警衛先生」，希望能找人幫忙，每次他看見前面有「人」就立刻追上去，追得氣喘如牛卻始終追不上，這時他才驚覺有異，這種太具體的無形，反而讓人一直沒有罣礙的追上去。

最後馮先生決定靠自己找路出去。他調出相機裡的照片想上傳到雲端，並發訊找朋友來救他。這時他發現同學會中拍到的照片有些詭異，尤其是兩個完全沒有變老的女同學夾在其中，如今看來超級恐怖。其他還有幾段影片有清晰的錄音檔，現在重複播放，才清楚聽到一個不知名的女人聲音，你在看我嗎？我是不是和以前一樣漂亮？

哪來的聲音？他不確定聲音的來源，也許是照片也許是自己心底的聲音。馮先生壓下心中的疑惑，看著今天拍的每一張照片，慢慢摸索出來時的路徑，繞出模特兒之山與紙箱之山，直到半夜才回到這棟大樓後方的一樓招到了輛計程車。

43 入不敷出

一位新來的警衛注意到十一樓某個靠窗的監視器，不是對著走廊，而是對著走廊盡頭的窗外。他向資深警衛請教，老警衛卻說自己十年前來的時候，那個監視器已經這麼擺了。這讓新警衛很好奇，常在主控室沒來由盯著監視器所拍的那個走廊窗子，但始終沒照到什麼。某次因為頂樓的住戶要修理浴室的水龍頭，麻煩他到頂樓關水，下樓的時候，他想到十一樓那個監視器，於是來到監視器前，擅自轉動了監視器的方向。沒想到隔天鏡頭又被轉向窗外，他調閱畫面，想知道有誰動過監視器，卻只看見幾隻鳥停在前方搔髮弄姿，同一時間鏡頭慢慢以肉眼無法察覺的速度轉向窗外，於是新警衛又上到十一樓，好幾次嘗試幫鏡頭移位置，但鏡頭都自行回到原位。他猜測也許是某個小螺絲鬆了。他又試了幾次，還是無法固定，只好加裝固定器，卻發現固定器失蹤了。最後他在那臺監視器的對面加裝監視器才總算拍到真相。他看到有人沿著大樓外牆的造型鐵欄，從那臺監視器後方的窗戶爬進走廊。不過那個人在爬進十一樓的時候也看到了前方架了一臺新的監視器。同一時間，在櫃臺緊盯畫面的新警衛也看見了那個人。

新警衛通報警方後，搶先上樓逮人。

稍後警方趕到，卻聽見一聲巨響，新警衛在眾人面前墜地，趕來的員警先為他收屍，再上十一樓時，走廊什麼也沒有，調閱電梯升降紀錄與各層樓畫面，也未發現任何可疑者，唯有十一樓那個拍向窗外的監視器，拍到了新警衛驚恐跳出窗外的畫面。

44 生死之交

連續三年蟬聯暢銷排行榜的新銳作家——一位社會寫實派的推理小說家魏未蔚，結束了晚間的座談會返家，剛進門就收到一位讀者傳訊給他，一開始他疲累地敷衍著，慢慢卻覺得這個人很特別，對哲學和美學都有獨到的見解，彷彿比他更懂自己的小說，常說出讓他既佩服又滿意的評論，於是他漸漸視對方為知音。本來作家以為他是新書發表會上的某個女生，但當作家偶然在書店巧遇那名女生，卻發現是自己誤會了，她根本不是與自己傳訊的讀者。於是作家開始提防對方，並指責對方盜用了那名女生的照片作了假帳號。就在作家揭穿對方這一點後，對方先是說不出話，直到隔天才回覆訊息說：「嘿，大作家。我用了你小說中的方法殺人了，如果書中的方法奏效，警方根本找不到是我殺的，但我在屍體胸前放了你的那本書，向你致敬！」更拍下現場的照片傳給作家。

魏未蔚立刻反問：「你在幹什麼，為什麼要做這件事？」

對方則回：「因為不開心，怕失去你。」

魏未蔚又急又氣的報警。當晚魏未蔚又收到對方來訊：「如果你不理我，我會再去殺下一個人。」往後一週警方沒有收到任何相關的案件，既然警方沒有任何發現，作家以為讀者只是上傳惡作劇的照片嚇唬人，他實在不想理他了。沒想到對方很快的又殺了七個人，並把作家出道以來的七本著作放在屍體旁，分別按七本書中所提及的詭計殺人。於是連同被殺的第一個人，陸續在全臺各地發現遺體。媒體很快聞風而至報導了這件事，而作家看到新聞後，想到自己下個月將上市的新書已經送印，內容就是一則謀殺作家的故事。他非常擔心自己會被殺害，竭力阻止新書出版，卻已來不及了。他只好聯絡出版社，緊急取消所有新書分享會，更要求書店下架，並設法向已購買的讀者買回新作，沒想到卻使得新書更搶手大賣。往後他便事事迴避，小心謹慎的避開自己小說的內容，小說有什麼，他就避開，但對方還是找上了他。

「死亡並不可怕，它只是通往未知。」魏未蔚臨死前，兇手將書翻到這一句並攤平。

45 別開生面

年輕的證券分析師蕭植尚，新搬進天母一棟公寓五樓，因前後都有陽臺，他想可以在陽臺種些植物，拿了幾個容器當花盆，先把土鋪好，但工作一忙忘了買花，直到梅雨過後，盆土自行長出新芽，看著翠綠的小生命，他很好奇是什麼植物？於是開始澆水，細心照顧，接著長出花苞，在一個晴朗早晨開出暗紫色的花瓣，他以植物APP識別，才知道這株天生天養的美麗植物名為碧冬茄。於是他在陽臺放了更多盆土，只澆水，不播種，不到一年的時間，陽臺就長滿茂盛的花草，昆蟲、鳥兒，也都往他的陽臺聚集，充滿蓬勃朝氣，鄰居們無不稱讚他的綠手指。每當他從陽臺往外看，臺北到處是水泥峭壁，他渴望展現自己的天賦，把城市的自然找回來。二十年後，他買下臺北市蛋黃區的一排老舊危樓，隨即拆除，挖掉水泥，鋪上泥土，接著他名下的其他精華地段也是如此，許多投資客說他獵地養地，但他就是放著什麼都不做，不蓋大樓、不蓋公園、不蓋停車場，也不作農地，就只是任由植物自然生長，把土地完全交給了上天。數年後這些土地植被茂盛，雜草叢生，孕育許多臺灣原生種植物，慢慢的，候鳥降落，動物們也回來了，臺北的生態逐漸復甦，他也早已搬出天母的公寓，一個人住進城市中心的蠻荒之地，成為國際知名的臺北隱士。

46 變風變雅

敘事者為女性，她堅持不透露名字，她說先生對自己很好，但先生的死實在太詭異了，因此希望能夠透過這本書把這件事說出來，聽聽大家的想法。

這位家庭主婦懷疑先生外遇，但沒有證據，只聽過先生接起手機後，另一頭傳來女生的聲音，先生也露出靦腆的笑。後來有天她接到警察的電話，說先生在摩鐵過世了。死因是心臟麻痺，該名男子全裸並射精，原本懷疑是跟其他人一起上摩鐵，但調閱監視器，發現男子一個人來摩鐵，此外警方也發現，這位先生每次都是一個人，從未帶過其他人來，也沒有任何人進去過他的房間。警方懷疑是自慰高潮導致心臟麻痺，但為何自慰一定要來摩鐵呢？這點讓警方困惑。

同樣的太太也不相信，先生肯定是外遇了，她一定要找出那個人。於是她決定打開先生寫的日記，才發現日記內充滿各種對女性的性幻想。但先生也在日記中坦白，太愛太太、太喜歡太太，不願做出讓她難過的事，即便自己很想跟其他女性做愛，嘗試那種新鮮感，卻也只能壓抑住這份慾望，因為他這輩子最愛的就是他太太。

日記一直寫到某天上班途中在火車上遇見了一個女子。那個女子告訴他，我知道你在煩惱什麼，我可以幫你解決煩惱，為什麼我可以解決你的煩惱呢？因為除了你以外，沒有人看得到我。陌生女子為證明給先生看，在火車上全身脫光，竟真的沒有乘客發現她。女子說：我是不存在的人，因此我可以滿足你的所有幻想，你跟我發生關係也不是外遇，因為我是不存在的。於是先生開始跟這名女子在外頭做愛，而且這名女子還能變換成他想要的女性的模樣。這不僅可以證明，她確實不存在，更像是腦中幻想的產物，又可以滿足先生跟各種女性做愛的願望，而且那感官完全真實，唯一背離現實的只有，自己先生看得見這名女子。

但是當她把先生的日記拿給警方看時，警方卻說，妳被先生給騙了，先生只是想掩蓋自己婚外情的真相。警方說這種男性相當多，找各種理由說自己不是外遇，但是在日記裡清楚寫明白小三不存在，這倒是第一次遇到。

於是敘事者才決定把這件事說出來，希望各位告訴她答案。

47 舊雨今雨

連續下了幾天的雨，白蟻飛進屋子。已經關上門窗，但白蟻還是不斷從縫隙飛進來。她發現白蟻的目標不是燈光，而是自己。她全身覆蓋白蟻，死在家中。眼角、耳朵、口鼻、私處全都塞滿白蟻。

48 滄海桑田

一

彭培偉博士是第一個將生態瓶實驗應用於醫療科技上的研究員，從植物生態瓶到魚樹共生，在成功複製大量魚樹共生瓶的第十年，發現一個編號 2072 號的生態瓶，在每個生態瓶經歷魚類死亡腐壞而失去平衡後，這個瓶子的大肚魚竟然保有十年前的活力與樣貌，彷彿一個與世獨立不受時間與空間影響的永恆世界，進而開始放大玻璃瓶的實驗規模，大量複製 2072 號瓶的一切因素，並在各種大得有如建築物的瓶子裡放入上萬種動植物。

久而久之，他光一個實驗瓶就可以容納一座小型人造森林。他在最終的研究成果報告裡，記錄了一座能成功維持動植物長生不老的密閉人工環境，這項研究被譽為劃時代的新發現，進而有許多渴望永保年輕的大人物，開始期待有機會進入這些永生不老的瓶子，學界高層也對於生態瓶感到興趣。彭博士原計畫以自身性命擔保研究無虞，所以他想率先進到畢生研究的瓶子內養老，於是他成為第一個受到全人類衷心祝福的學者，卻在進入巨型生態瓶的第一天猝死。調查報告顯示博士長年運動量不足，心血管阻塞應歸咎於個人健康因素，不可作為判斷生態瓶成功與否的例子。往後在多家跨國公司挹注大筆資金的加持下，「生態瓶計畫」已無法停止，儘管「長生不老」這種古老的實驗受人質疑，但只要有對此深信不疑的集團願意買單，這項研究就得以繼續進行。

一年後，有個更激進的科研團隊接手這項計畫。為了將人類放進瓶子內，並測試是否具有凍結時間的功能，他們秘密募集了許多孩子進到生態瓶中。主事者于維維研究員認為成年人經過五年，在外觀和體能數據上未必有太大變化，但五年卻可以讓一個小學、中學的學童成為高中生甚至是大學新鮮人。這項實驗犧牲許多孩子的青春與童年，但終於有幾個孩子在瓶中暫停了時光，成為瓶中永遠長不大的孩子。

二

X即是當年存活於瓶子的孩子之一，他進入瓶中的年紀較大，當年十五歲。進入

3210瓶的前三年他仍不斷長大，外觀差異非常明顯，很快被研究團隊認定是失敗的生態系，不過當他在瓶中一直成長到二十歲的時候，突然停止老化了，十五年來沒有任何衰老的跡象，彷彿獲得「永恆的青春」。此時永生已不再是世人唯一追求，反而「青春永駐」才是現階段最吸引全球目光的研究。從此3210號生態瓶被譽為比起時間暫停、永遠長不大，更為成功的實驗之作，裡頭的一切植物都綻放，維持盛開比含苞待放更吸引眾人目光。往後3210號生態瓶更名為「永恆X」是跨越世紀的偉大發明。新進的研究員們無不以X所在的3210號生態瓶為研究對象，X也成為研究熱點，相關論文一年即破卍篇。

三

出生於臺灣邊陲一座擁有豐富生態島嶼的少年X，小時候家裡非常貧窮，他在家人及達悟族長輩的支持下，自願前往臺灣，參加此項「時空凝結」計畫，順利被科技部抽中。雖然往後只能跟家人隔著玻璃見面，但他相當滿意在瓶中的生活，瓶中他有自己的房子、自己的花園、自己的森林、自己的湖泊，也有漂亮的家具、家電、書籍、籃球場，也有網路跟遊戲可玩，三餐供給營養好吃的食物，而且他還可以每天陪伴一位重要的鄰居，隔壁瓶一個叫寶娜的小女孩成長。她在他進入瓶子的第一年出生，四年之後在父母的同意下進入X隔壁的生態瓶，他隔著玻璃牆看著她長大，等小女孩長成十七八歲的少女時，X仍維持在二十歲的外表和生理機能，寶娜也愛上了隔壁這位大哥哥。他們倆隔著玻璃，牧師、親友跟研究人員站在瓶子外，為不同生態瓶中的兩人舉辦婚禮。由於少女的生態瓶顯然無法達到凍結時光的功能，少年X向研究團隊提出希望能讓兩人的生態瓶相通，將妻子迎接到他美麗且永生的生態瓶裡居住。由於之前從來沒有住過兩個人的生態瓶，也從未讓生態瓶彼此相通，加上為保護最重要的X，研究團隊斷然拒絕這項提案。然而，寶娜被發現得了癌症，在移出瓶子治療後始終未見好轉。焦急的X再次提出將妻子移入他瓶子的建議，認為瓶子既然可以讓時光暫停，就可以避免妻子的病情進一步惡化。于維維教授以及研究人員仍猶豫不決，但對於有「瓶民」提出共同生活的構想，政府剛好可進行多人實驗，期盼未來可放進更多人住進生態瓶。於是在政府強力干預下，開始了眾所期待的「多人生態系瓶中建構」實驗。自從移入舉世知名的「永恆X」居住之後，一開始寶娜明顯好轉，度過夫妻倆生命中最快樂的十一個月，然而某天她突然倒下，變得非常虛弱，一個月後即過世。悲傷的丈夫希望研究團隊說明，檢查身體數據後發現，十多年來身體年齡一直停在二十歲的X，長了一歲，而生病的寶娜病情竟熬不過一年，因而過世了。之後，研究團隊擔心寶娜的身體若持續腐壞，將破壞瓶子內的生態平衡，但少年X不願交出妻子，沒想到寶娜的屍體卻始終沒有腐壞，一直躺在床上。少年覺得，寶娜只是睡著，只是不跟她說話，寶娜沒有離開他。

四

到了二十一世紀末，人口嚴重外移的屏東平原立起一座座巨大如建築物般的生態瓶，許多渴求長生不老的頂尖人士在強化玻璃所製成的生態瓶中生活，他們在瓶中觀賞日出，觀賞星空，觀賞遠方海洋的美景，在瓶中健身，在瓶中工作，在瓶中他們自給自足，甚至不用進食，但他們終身無法離開生態瓶。目前最早進入瓶中生活的人，那位永遠二十一歲的少年X，進入瓶中已經過一甲子的時間，以X為首，瓶中的時間彷彿停止，這些瓶中人沒有一個老去，全世界的瓶外人都在見證這個奇蹟。隨著時間過去，一些耐不住寂寞的人開始想離開瓶子，他們大多是那些最初就保留樓梯的人。而從封瓶那一刻就同意撤掉樓梯的人，在獲得長生不老的身體後，鮮少有離開瓶子的請求。那些蠢蠢欲動的人，等不了更多時間，幾個自以為已經長生不老的企業家率先爬上樓梯從瓶口出來，卻在瓶口打開後，離開瓶中生態系的一個星期內，迅速老化成乾屍，每個都像白髮蒼蒼的木乃伊。這種離開生態瓶的結果，被稱為「反浦島效應」，他們遺體的模樣張力十足，消息也在生態瓶圈內傳開，往後瓶中人也多半斷絕離開瓶子的念頭了。

五

自一六二四年荷蘭人登陸安平開始，一千年來臺灣這座島嶼的政權幾經更迭。到了二十七世紀中葉，新政府成立後，派遣專員以及科考團隊，前往位於臺灣南端的全球最大動植物保種中心。這些島嶼上的新鮮人，他們將見到畢生從未見過的世界奇觀：數千個巨大如建築物般的生態瓶矗立在屏東平原上。申請世界文化遺產，是此行的任務之一，但科考隊與官員們還是難以想像過去的臺灣政府到底在這裡做了什麼實驗。只見瓶子中數百年前的古老房子、汽車、游泳池，部分瓶子之間更以玻璃隧道連結，最大的瓶子更巨大到放進了整座「屏東市」，這也是人類史上最大的密閉空間計畫。如今大部分生態瓶未能獲得保護，不是瓶口已經被打開，就是傾倒、破裂，明顯曾遭到掠奪，瓶內已經無人居住。瓶外的動物闖了進去，植物也延伸進去生長，基本上瓶內瓶外的生態系統已經連成一氣，不再有分別，瓶內就像一個個遺世獨立的廢墟，總讓人想見過去的繁華。即便如此，一行人始終沒有忘記此行最重要的任務，終於在出發十天後，來到平原的中心點位置，這裡有位此行一定要見到的人，這位重要的人就住在一座叫做「永恆X」的生態瓶中，基本上所有瓶子都是圍繞「永恆X」建造。眼前的「永恆X」約莫五層樓高，造型優雅別緻，誕生於這片「生態瓶聚落建築群」的古典時期。他們貼在玻璃上觀看，瓶中的環境維持得相當好，與他們一路所見的破敗瓶子都不同。「永恆X」中有別墅、有花園、有森林、有湖泊，裡頭的花朵彷彿永遠盛開，葉子也永不凋落，儼然一座陽光和煦的世外桃源。瓶中的少年自花圃中出來會見客人，如同文獻記載，這位永遠青春且有著深邃五官的美麗少年，正是他們此行的目標。做為島嶼現存最古老的居民，新政府必須獲得他的認可，對這座島嶼的統治才具備合法性，才能得到世界各國承認，參與各項國際組織。他是這座島嶼最重要的象徵，過去的政府也都曾獲得少年的認可，無法忽視他對於凝聚這座島嶼的重要性。接著新任國家領導人派出的特使及代表團，向少年報告新政府的概況，傳達新政府禮遇他的各項政策，並保證維護「永恆X」瓶內及周遭的環境，領導人也將找機會南下與他見面。少年X微笑點頭，蝴蝶在他身邊飛舞，好久沒見到客人了。

49 寢丘之志

一位藝術家魯恩，斥資上億蓋了一棟山居別墅，基於安全考量，房子四周設有防盜設施，並在保全公司的建議下加高圍牆，增設陽臺的隱形鐵線窗。Mr. Lu 有時熱愛社交，天天出席酒吧沙龍展覽等各式藝文活動，有時又恍若失蹤一般閉關創作。大致來說，Lu 的創作需要一種夜的感覺，慣於晝伏夜出，每個白天醒來的第一件事，就是要到三樓畫室前的大露臺享受日光浴，品嚐一個人的咖啡。當然今日也不例外，一陣風吹來，輕輕把門帶上，Lu 就在露臺生活了一個月，只喝水龍頭的水，啃食盆栽的植物，抓天上飛下來的麻雀生食。受困在露臺，怎麼喊也沒人來救他。原本浪漫十足的山居別墅成了人間煉獄。數週後，魯恩的經紀人發現他失蹤了，動用所有人脈尋找 Lu，最後才找到被關在自家露臺的藝術家。人還活著，但已經不成人形，像條瘦瘠的流浪狗，屎尿黏滿四肢。

在他與世隔絕的日子，他和藝術相互對望，隔著防彈玻璃絕望地看著畫室內琳瑯滿目的藝術品，甚至夜裡它們還會閃閃發光，然而它們同樣每天看著他日漸憔悴，一切美的創造都對生存毫無幫助。曾經，他還看到遠方有煙火，他一心只想這些煙火來把他炸死，連同炸毀這些藝術品，或者，炸出一個可以讓他逃走的坑洞。

50 維虺維蛇

大年初二，一位爸爸帶著像是生病的女兒參加屏東臺糖的園遊會。女兒呼吸很用力，雖然有五官，但五官因為縫過，距離與一般人不同，身上散發臭味。其實女兒已經死了，因不幸的婚姻而被丈夫殺死。死亡多日的女兒回娘家團圓，見父親最後一面。父親也知道女兒死了，但內心不願說破，陪伴孩子度過最後的園遊會：「爸爸，人死後有天堂嗎？」「沒有吧，怎麼會有。」「可是小時候你告訴我有。」爸爸沒說話，女兒說：「爸爸我好累。」爸爸說：「爸爸背妳吧。」最後父親背著不再說話不再動，不再有反應的女兒回家。十天後父親親手殺了女婿，切成大塊扔下山坡。

51 不期而遇

身為作家的恐懼是不知道自己是怎麼寫作的，就像不知道是怎麼開車一樣。

家裡的廚房有一個冰箱，門上用各式磁鐵固定了一些小紙條和收費單據。嚴格來說，這是一個連留言板都稱不上的地方，但上面記有許多維持日常生活運作的截止日期。按照規定，時間到了必須報名、交稿、繳費，或者非完成什麼不可。除此之外，有一些虛構的人名，少部分是我現在正在進行的小說人物，大多是下個月甚至不確定什麼時候要動筆的人物，他們習慣在我做洋蔥蒸蛋的時候浮現，多數是暱稱，偶爾是很正式的中英文名字，連名帶姓的那一種。

在家工作的我經常錯過用餐時間，因此習慣用電鍋料理一些食物，把放很久的洋蔥切丁拌入冰箱必備的雞蛋裡蒸熟，頂多淋點醬油，總之再簡單不過了。然而，無論是切洋蔥瞇著眼睛等眼淚過去的空檔，還是手動拌勻蛋汁放空的片刻，淋醬油的瞬間，總會有一些不期而遇的名字竄出，往往在正忙碌的時候出現，上菜之後即忘，所以不得不隨手記錄貼在冰箱上。

某次向朋友提到這件事，被告知這是因為寫作往往使用左腦，烹煮使用右腦，並進一步為我歸納出一個寫作靈感來自右腦的結論。只是一個名字就能稱為靈感嗎？當然，朋友非常篤定！不過奇怪的是，自從朋友這麼堅持後，我再也沒有於廚房得到任何名字跟靈感了，不管是做什麼料理，清洗多久的鍋子和碗。

52 反犬旁兒

安平的夕陽特別溫柔，它的南方有個與陸地隔絕的沙洲被稱作漁光島。尋找靈感的攝影師邱大晟獨自來到這座島，連續三晚入住廟前 119 巷的日式民宿。在民宿員工的建議下，每日下午三點四十五分從下榻處出發，目的地是遠處的沙灘、長堤，還有燈塔。

一隻黑狗出現在他身邊，跟著邱大晟一起走。邱大晟背著專業相機，先為巷子口的大廟拍攝特寫，再走進右側狹長的實驗樹林下的小徑。這座樹林感覺非常乾燥，地上布滿枯黃爽脆的落葉，而且舉目所見的草木、長椅都覆蓋一層極細的沙塵。偶爾他讓黑狗走在前，幫他帶路，偶爾他停下腳步眺望樹叢，一人一狗沿路拍攝怡人風景，任憑著方向感往前走。然而邱大晟慢慢感覺像走入一條永遠走不到盡頭的小徑，他發現跟著這隻狗走太久了，他想好好的假期到底怎麼了，一切都在遇到這隻黑狗後變調。他作勢嚇走黑狗，但牠夾著尾巴走遠之後還是繼續跟在後頭。人與狗在小徑中走了一天之後，夜晚蚊蟲成群，落葉下方也傳來難以分辨的生物移動的聲音。撐過一夜，隔天他不斷觀察這隻黑狗，在傍晚四點二十分用單眼砸死了牠，終於走出那條布滿乾燥落葉的小徑。然而攝影師一回到現實世界，身處一座通往市區的橋頭，被闖紅燈的黑色跑車撞上。駕駛下車觀察邱大晟。下一秒，駕駛將彌留的路人拖進樹叢再離去，他拼了命哀號卻發不出聲音。死前只見黑狗在他面前哀憐、舔著他如同單眼鏡頭般外突的眼球。

53 難言之隱

朱錫浩第一次走進啟明學校，發現全校除了老師以外，所有學生都看不見，不是全盲就是接近全盲。當然這也是他應徵之前就知道的了。卻也因此，許多老師都當面對學生做出許多不雅或羞辱學生的舉動，學生卻都不知道。像老師們對著學生扮鬼臉，或不屑的表情，或在黑板寫上辱罵學生的字眼，畫上不雅圖畫，甚至露出性器官，但因為學生只能以聽覺學習，他們所接收的都是一般的、正常的受教內容，不知道老師們實際上到底做了什麼。

剛到啟明學校任教的朱錫浩老師，覺得同事們實在太過分了，怎麼可以這樣對待學生！上書學務長、教務長、校長，希望上級能制止這情況，卻始終沒有改善。然而，每天看到老師公開戲弄學生，對學生無聲地嬉笑怒罵，逐漸的，這位新來的優秀男老師，伴隨著生活壓力，也開始有樣學樣，尤其當學生不受教，不按他的教導達到他的要求時，他開始在學生面前做出他想做的，前提是只要不發出聲音，只要不觸碰學生，他不管做什麼，學生都不會知道。

工作穩定後，朱老師買了一間大房子，但他開始感覺到有人在房子內和他捉迷藏，甚至近到就在他身邊。當他淋浴閉上眼，他就會感覺到有人在身旁看他，但他張開眼，那人就不見了。一段時間之後，才發覺這是失明的過程，他慢慢跟學生一樣了。

54 好時好日

南臺灣古老的城市中心存在很多一百年以上的民宿。小型民宿會在挑高的一樓客廳擺設許多珍藏的懷舊古物，同時將閣樓作為臥房。大型民宿則多半有四至六個以上的房間，裡頭的古老擺設沒有因時間蒙塵，反而更顯價值與獨特，偶爾民宿的客人順手牽羊，經營者也因此失去傳家多年的珍寶，慢慢的大家不約而同，僅保留帶不走的老傢俱，其他則用常見的文創商品替代。

近年景氣持續下滑，「獨一無二」的翻修老宅更是供過於求，賣家陸續「割愛」求售。偏好老宅風格的買主也更容易找到自己喜歡的物件，如願珍藏一棟充滿故事的老建築。

細雨綿綿的週六上午，兩位雙胞胎仲介帶著徐先生看房，進門前一再叮嚀：「不好意思，因為原本屋主的東西還放在裡面，待會請不要觸摸任何東西。」進門後，果然看到屋主許多東西，杯具，藏書，飾品，全家福照等等，最感動的還有一個復古衣架，完全是一棟時光凝結的懷舊老屋，讓陳先生彷彿回到童年的家，更讓他覺得這座他早以為沒落的老城，依然華美樸實。於是徐先生告訴仲介。他有意願買下這棟房子。交屋後，雙胞胎仲介祝賀說：「徐先生，現在房子屬於你的了，房子裡的東西任意處置也無妨。」但是，當徐先生觸碰每件東西時，物品即瞬間成為粉沫，他因感到恐懼，不敢再觸碰任何物品了。找來雙胞胎仲介之一想追究此事，卻無意間在屋裡碰了對方，沒想到這時，連仲介也成了粉沫，最後只剩空蕩的房子和滿屋子的彩色沙粒。沒多久，住進屋子裡的徐先生也化為沙子了。

窗外的時光一直流逝，他們還困在沙堆之中。

待在屋內的沙海中，仲介異常平靜的說，「以前也遇過，多半是過世的前屋主不願交屋，會想辦法幫徐先生離開這間房子。」困在房子第十天，一個敲門聲響起，開門後，一股懷舊氣氛如沙堆般傾洩而出。雙胞胎仲介之一再次帶來看房子的新客人，當仲介看見相框中的徐先生，還有衣架上徐先生的衣服，有些感慨。買方眼尖發現，詢問屋子是不是有什麼問題？仲介說，只是想到之前的屋主很喜歡這間房子。買方聽了回應：

「我也很喜歡這間房子。」

55 童言童語

他突然醒悟，我的人生就是來親你的嗎？

苗栗中部有位從事汽車修繕工作的郭師傅，自從二十歲結婚，之後就再也沒有感受過戀愛的滋味。上個月妻子死於乳癌，喪事後他開始與一位名叫茱莉的女客人互動多了些，第二個月兩人開始交往並有親密關係。由於實在太愛女朋友J了，他想要成為她理想中的愛人。郭師傅開始留鬍子增加自己的男人味，此後只穿J喜愛的白襯衫。他從不跟她吵架，一天只吃兩餐雞肉、蔬菜沙拉跟水煮蛋，並開始上健身房鍛鍊體魄。不久他買掉原本的房子和車子，改買了她夢想的房子和車子，他為她辭去車廠的專職工作成為一位斜槓族，先是做汽車攝影，後來兼營二手車買賣、二手唱片買賣。三年後，郭師傅因為愛人成為傻瓜，真正的傻瓜，一切都名副其實了。根據醫生提供的數據，郭師傅的大腦如今已退化到兩歲的年齡，除了說「我愛你」無法表達其他更有深度的詞彙。美麗的J的眼睛看著他流下眼淚，然後轉身去追求自己的下一個理想愛情了。多年後，J一直無法找到像郭這麼理想的男子，J變得非常憂鬱，有一位郝同事對她憂鬱的神情特別迷戀，開始追求她，並逐一實現當年郭師傅曾經做過的那些事情，比郭師傅更快，才一年他就實踐了她的全部理想，同時他的大腦也在一年內，退化成一個只會說「好」跟「我愛你」的傻瓜了。這讓J小姐不知該如何是好，她告訴醫生命運弄人，她不懂為什麼自己的愛人都會失去思考能力？多年前失去郭已無法挽回，今天她很確定這名郝同事是她的真愛，請醫師務必把他治療好。醫生指示她多跟同事說話，協助他思考與表達。於是J小姐開始模仿兩歲的孩子說話和玩耍的方式與他相處，兩人身邊的同事，或者說凡看過他們相處的人，都說他們的愛情猶如童話。

56 表裡如一

某個竹科工程師閒暇之餘開發了可以任意控制手機麥克風與攝像鏡頭的兩款APP「藍色麥你」與「白色框你」，滿足他偷聽與窺視對方的需求。儘管要價不菲，卻暗地裡成為賣得最好的軟體。因為人們再也無須撥電話給對方，就可以聽見對方那一頭的聲音，又或者是，無須與對方視訊，就可以看到對方鏡頭前的樣子，通通不需要對方同意。

南科某大廠一名工程師黎彥明，非法購買這個軟體之後，聽見許多朋友私下的真心話，不管是討厭他還是欣賞他，聽起來還蠻有趣的，也不會影響友誼。但是最讓他沮喪的是，從此之後他每個曖昧對象都維持不到一週的熱度。拜現代人對手機高度依賴，他每次控制曖昧對象的手機，看到對方私下的真實面貌，就會完完全全的「冷掉」，感覺螢幕中的女子無論穿衣或裸體，都無法讓他覺得像是真人。直到他開始控制同事小艾這個女人的手機，才發現她在鏡頭前的模樣，遠遠比面對面的時候更吸引人。她所在的空間、她面對鏡頭的角度讓人充滿遐想，無一不令黎彥明著迷，為了看清這個女人的真面目，他不時用手機看她在做什麼，後來有段時間看見她常常對鏡頭傻笑，搔首弄姿，他先是幻想小艾在跟他互動，陶醉了一段時間，直到後來，他開始憤怒，瘋狂嫉妒那個她以手機互動的對象。於是，黎彥明付費下載一個**APP**叫「紅色桌你」，是同一位竹科工程師「偷窺三部曲」系列的最後一款，能夠看見他人當下的手機桌面，結果他看見逗得她日夜嘻笑的人，正是小艾自己。

57 萬眾矚目

一名遭到國際通緝的巴西籍女性 Vitoria，她在那個震驚全球的黑色星期一抵達臺北，當天領取網購的一支自動步槍與彈藥後，於信義區的夢想廣場發動襲擊，許多年輕人原以為只是 cosplay 的外國美女手拿玩具槍的業配活動，因此站在原地任由對方掃射。案發後 Vitoria 迅速逃離現場，監視器最後一次拍到她身穿迷彩服走進了四獸山。

事發後，所有人都在問，她為何要引發恐怖攻擊？不過她似乎更想帶著祕密進入山中。媒體披露，半年來她在網路上發布了許多塑造個人英雄形象的言論，相信以她的意志為依歸的那個宇宙遲早會降臨這個世界，只是等待一個「契機」來讓她證明。

警方立刻禁止民眾進入四獸山區，並展開大規模搜山，三天後在松山與南港交界處的山區找到了 Vitoria，證實她已經死亡。但 Vitoria 的屍體顯示一些不尋常的現象，對臺灣人來說並不是一件好消息。Vitoria 的脖子被某種不知名的肉食性掠食者咬斷，傷口如利刃交錯切割。所有人的關注已經從破紀錄的恐怖攻擊傷亡人數，轉向神祕不可知的四獸山怪物。一名古生物學家從電視上看到 Vitoria 遺體的傷口，他直覺認為這或許是一個「契機」，為了證實長久以來內心的想法，他冒險從他工作的中研院後山闖進封鎖的四獸山區。

「那是一種生活於中新世晚期的頂級掠食者，他滿口利牙就像含著好幾把刀。」助理研究員蔣克文入山後在 Facebook 上寫到：「牠是一種比今日地表最強猛獸阿拉斯加棕熊還要巨大的肉食哺乳類動物，牠有一個光看字面就讓人害怕的名字：巨獅鬣獸（Simbakubwa kutokaafrika），人類幸運的是，這頭曾經真實存在於地球上的怪物，生活於兩千兩百萬年前，那個時候連我們所熟悉的狼、虎、獅、豹等當代肉食動物都還未出現，沒錯，這四種動物中有三種和我現在所處的位置相關，這也是我今天想把直播拉到這座山裡來談的一個原因，那麼我所在的是哪座山呢？沒錯，答案就是……」作為知名科普社群創辦人之一的蔣克文，擅長將艱澀難懂的古生物學知識，以生動活潑的話語介紹給觀眾。現在他帶著高科技配備，過著原始人般的生活，正嘗試將四獸山打造成一個極限野外求生環境。數日來他在山上露營，取水，製作陷阱，獵捕山羌、松鼠、蜥蜴、蝙蝠，再生火烤來吃，隨時採集可食用的昆蟲等，接著鄭重告訴我們：「四獸山這個地方太嚇人了。」「如果不是為了野外求生，真的沒必要這麼做，這只是為當地的動物帶來災難。」等同透過這個機會，教導一般民眾各種實用的求生知識，成功吸引許多人的目光，此刻全球都關注該名研究員的 Facebook。儘管駐紮了四天，他仍未見到巨獅鬣獸的行蹤，雖然找到一些可疑的排遺，檢驗過後，都不屬於這可怕的遠古怪獸。另外也沒有其他動物被捕殺啃食的遺體，林間也未見大型動物的爪痕與足跡，入山以來總總跡象都表明，造成 Vitoria 慘死山中的兇手或許另有其人，而他也開始動搖，在回答網友的疑問時透露：「如果不是巨獅鬣獸，那仍然是一頭逍遙法外的未知怪獸。作為一位古生物學者，從事古生物鑑定多年，我比一般大眾更有責任找出這頭怪物。」他宣布說：「我想我會繼續待在山上，追蹤這名兇手，還給已死的 Vitoria 一份公道。」

網友曾在蔣克文的直播影片中，看見地上一個約莫斗笠大的黑影不規則移動，如果是天上的雲，則太小了，如果是鳥影，動作又太慢，有時更靜止在空中。他們也擷取了影片留言給蔣克文，希望他注意。蔣克文看了影片後思考了一陣子，「我不太知道這是什麼，但移動的方式不像鳥類，更像是一臺空拍機？不過非常謝謝提醒喔，以後我會多留意頭上的這片天空。」

遺憾的是，幾天後，根據目擊的登山客表示，一隻可怕的巨大蜻蜓，彷彿長了六隻觸腳的黑色空拍機，突然從天而降用腳包住蔣克文的頭，迅速拔走頭顱，飛向天空。

網友紛紛議論 Vitoria 應該也是死於這種可怕的巨大蜻蜓，而非蔣克文不斷強調的巨獅鬣獸，更認為他不應該以譁眾取寵的方式誤導民眾，因此貶低蔣克文的研究能力。然而我們也不能說蔣克文全都錯了，雖然他已經過世，但他的努力和犧牲，獲得了此種新品種蜻蜓的優先命名權，也就是說，之後的學者必須以他的名字為此種巨大蜻蜓命名。原因在他遇害的隔天，他前一晚排程的文章向全球發布了，照例介紹一種他在四獸山觀察的動物，可說是他的動物狂想筆記：

蜻蜓是真正的殺人機器，如果蜻蜓再大一點，巨大的蜻蜓就會獵取人頭，專吃人類的人頭。這絕非危言聳聽，昆蟲在經過人類數百年的化武撲殺之後，一直進化，已表現在昆蟲的逐漸巨大化。因為昆蟲繁衍的速度很快，進化也就特別快，所以他們的進化，完全超乎人的想像。

58 問心無愧

那個早晨世界依舊美好。臺灣知名線上零售網站 Origin 的創始人歐立俊，他的前妻吳茉莉來到倆人曾居住過的別墅——現為歐立俊與其新歡住所——吳女士在門口用一把在 Origin 網購買到的不鏽鋼蔬果刀直刺心臟，那些認識她的保全皆來不及阻止。

原因眾所皆知，擁有無數後宮的歐立俊，不惑之年竟傾心於一位女高中生，而在某個下午茶的午後以沒有生育的理由休了妻子吳女士。「我曾經懷了孩子，是你說不要的啊。」在那間他們有過嚴重爭執的陽光玻璃房妻子看向他說，但這些充滿情份的話，已非歐創辦人想聽。「我會給妳應得的。」

吳女士很快被轉介到與 Origin 密切合作的財團醫院治療，住院期間多次企圖自殺，沒想到昨晚逃了出來。「歐太太病況嚴重，」雖然為時已晚，電話中主治醫生告知創辦人，「她說創辦人要當爸爸了。」歐先生回看身後的年輕女友，現在她的新身分不再是高中生，而是國外某新創公司創辦人之女。稚氣的她剛懷了孩子，呈現陽性結果的驗孕棒還放在桌子上，等拍照上傳 IG。

吳女士當場死亡，甫出爐的驗屍報告發現她懷孕。歐立俊在自家品牌的床墊上抱著穿著高中制服的年輕女友，二十歲的世代差距，沒有人說他們不像夫妻。吳女士的屍體從冰櫃被拉了出來，隨即送往與 Origin 密切合作的財團醫院，取出她體內的胚胎冷凍保存。幸福的新婚妻子渾然不知，而丈夫每次與妻子親密時，都會想起那個冷凍的胚胎。

二〇一九年 Origin 創辦人夫婦結束十年的婚姻，此時臺灣已施行夫妻共同財產制，劉女士與兒子可拿走 Origin 一半市值，將創下臺灣最高的贍養費紀錄。你我都知道，如果 Origin 不是歐立俊創辦人的 Origin，那還是 Origin 嗎？投資人紛紛撤出資金，最終劉女士並未拿到應有的金額，律師團勸她回到丈夫身邊，但她覺得丈夫還愛著前妻，便毅然決然離婚，帶著兒子前往紐約定居。

歐立俊獨自面對 Origin 的財務危機，劉女士的真正身份與吳女士之死，此刻也被媒體揭露，創辦人混亂的男女關係，對 Origin 受害甚深。夜裡他懷疑第二任前妻並非什麼都一無所知，他花錢買粉在自家公司的粉絲專頁灌入百萬讚，好幾年前他也曾經那麼做過。原本他就是白手起家，這點挫折跟一窮二白的時候比起來根本沒什麼。媒體只是他個人心境的反應，他首先得穩住自己的心。他想起第一任妻子在家的模樣，即便鮮少互動，仍舊是個慵懶有她陪伴的下午。年紀越大他越懂那種心境。後來他真的太過份了，外遇了更該對家庭負起的道義，不是嗎？

他將那個冷凍十年的胚胎，植入代理孕母的子宮。只有一次的機會，每個環節他都在粉絲專頁公開記錄。他公司的機會回來了，尤其是嬰兒用品，帶動 Origin 的股價回升。就在吳女士過世十一年後，他倆的女兒誕生了。他為女兒的成長歷程做了完整的紀錄，女兒也成為 Origin 的代言人，可愛的形象深植人心，甜蜜的父女關係完美詮釋了所謂成功人士的家庭應有的社會典範。然而螢幕的背後，女兒始終為一件事所苦。

Origin 的千金相當害怕有一天父親會因為離他而去。自小他就不斷夢見父親因各種緣故過世，直到父親把她抱在懷裡，驚恐的情緒才慢慢平息。遠在紐約的哥哥知道妹妹的心事，他透過遊戲視訊告訴妹妹，只要父親退休在家，就可以一輩子陪伴她。女兒在生日那天告訴父親，今年的生日願望是希望爹地退休。

歐立俊早有退休的想法，現在 Origin 沒有他也能經營得更好，他將在今晚的股東大會上宣布交棒。一早在車上經過每天進出的大門，他好久不曾想起過世的第一任妻子，是女兒填補了對她的思念嗎？殊不知，今晚他將在股東大會上被暴徒刺心而死。

歐妮問：「爹地什麼時候回來？」又傳訊息告訴爸爸說：「爹地我愛你。」女兒滿心期待父親退休之後能夠永遠地陪伴她。

59 紅白喜事

阮靜雅是一名年紀很小的網紅，起初她的母親是一位家庭主婦，後來身兼多職協助女兒自拍影片，經營網路頻道，可以說是影片製作，同時也是女兒的經紀人兼助理。

根據阮媽媽的說法，最初只是為了記錄寶貝女兒的成長點滴，為了捕捉小孩的瞬間動態，添購了一些畫質較好的攝影設備。結果一個摺紙視頻意外走紅，母女開始正視拍影片這件事，兩人不知不覺傾盡所有的精力和時間來拍片，也開始學習使用更多專業攝影器材。

看著點閱率越來越高，母親很快有了新計劃。她與女兒在鏡頭前討論親子出遊的行程，主打「攜手規劃親子旅行，培養孩子獨立思考的能力」。往後隨著影片點閱率激增，剛進幼兒園的女兒也應母親要求逐漸增加拍攝影片的時間。此外母親認為好學生有助於她的形象，因此非常要求她成績，並拍片緊盯她的課業進度，這樣的生活經過三年，為了豐富影片內容，小學之後他們家開始出遊，週末國內旅行，寒暑假國外旅行，為了滿足母親的製片要求，阮同學像個小童星。上下課所有的時間和精力都用在拍片的事情上。母親對靜雅有很高的期待，因為女兒不是很漂亮的那種，改要求她嘗試一些更炫的更誇張的姿態與說話方式，模仿諧星做出各種出乎意料的動作。

進入青春期後，靜雅對自拍影片越來越有想法，慢慢超越母親的想像與理解。小時候，母女兩人最愛的單元「準備慶祝每個特殊節日」也不再有共識，靜雅想改拍一些隨性且真實的東西，就是記錄日常，沒有規劃沒有矯作和誇張的東西。她擅自用手機拍下一些真實生活的影片與粉絲分享，母親見點閱率比策劃的影片還高，也不強力阻止。直到靜雅十五歲的那年，她隱瞞母親，為自己的初戀男友策劃了一個情人節，並全程錄影上傳，想為青春生活留下一些什麼。對她而言，是無比珍貴的時刻。母親得知後，先數落她自甘墮落、行為不檢點，但兩人都沒想到這部情人節短片竟讓靜雅爆紅。一夕成名使得母親開始轉念，緊接著為她規劃初戀系列的影片，並為初戀限只能用一次，深深覺得可惜，人如果能有好幾次初戀，那該多好啊。偶爾也允許她應觀眾要求找來班上同學與小男友合拍幾支美食影片，這讓好久都沒有時間好好交朋友的靜雅終於鬆了一口氣，自從她開啟「每日直播」，母親便設下交友規矩，也算是她的視頻新主題：「青春日常」，可以是與朋友一起K書、一起化妝、一起發呆、一起逛街看電影，不過偶爾靜雅也想純粹吃飯逛街旅遊，拋下與拍片有關的思緒，不必考量觀眾喜好與點閱率地與同學朋友相處。母親對影片流程的要求破壞了她的初戀。有了初戀失敗的經驗後，她都會保密戀情，幾次被母親發現都沒有好下場。唯有一次獲得母親認同是與一名小有名氣的男星交往，但母親卻將她與男星出遊的過程剪輯上傳。這些影片的點閱率果然暴增，使靜雅的知名度更上一層樓，她也被網民嘲諷是想靠男友出名的網紅。她開始爭取自己錄製影片，卻在一次逛街自拍的過程失足跌斷腿。母親以愛之名重新掌握權力，往後想做什麼都必須跟母親溝通，如果沒有做到母親希望看到的效果，就會影響她之後的提案。另外每支影片下的留言也極為重要，都是母女間角力的參考依據。

最後她找到「極限挑戰」是自己想做、母親允許、觀眾也愛看的項目。後來她常去玩國內最驚險的遊樂園設施，也前往國外高空彈跳，某次彈跳竟然讓她意外撞擊而昏迷，但因為現場參與搶救的正好是歐洲知名的王子，一時之間她成為全球都認識的名人了，過往二十年的影片點閱率幾乎臻至一生高峰。往後母親天天拍攝為女兒復健的影片，純潔的白色病房，每日更換的漂亮鮮花，直播依然在每一天的固定時間進行，女兒奇蹟似的醒來，全靠阮媽媽日夜守候成為全國肯定的母愛。靜雅也果然康復出院，繼續充滿朝氣地拍片，最後入圍了網路金鐘獎最佳自拍女主角，並獲獎，代為領獎的阮媽媽表示女兒今天也正在努力拍片呢，感謝評審們的肯定。

數年後，靜雅的班級導師回顧靜雅時說道，靜雅在國外高空彈跳時已經過世了，但阮媽媽不願就地火化，堅持運靜雅的屍體回家，再將家中布置成醫院，上演了靜雅復健的戲碼，徒留靜雅媽媽還在天天剪輯影片，繼續構思影片主題與其他新的點子，不斷剪輯舊影片中的靜雅畫面，重新排列組合成新的影片上傳。其實靜雅早就死了！靜雅早就死了！

60 逢場作戲

泥盆紀的海中，一隻三葉蟲遇見了掠食者奇蝦，命懸一線之際被另一隻三葉蟲所救。經過三億年的輪迴。結婚之後兩人開始做惡夢，夢見在洪荒時代的水中爬行，無法順利呼吸，醒來嘴巴還會有泥沙，全身都是浸泡過髒水的味道。葉姓夫婦原本以為是婚後搬入鬼宅，找法師來解決，卻還是一樣，於是搬家，但搬到新家卻開始做另一個讓人更不舒服的惡夢——來自另一世遠古巨齒鯊與滄龍彼此撕咬的虐戀輪迴。

61 將錯就錯

周瑋軒在遊戲的虛擬世界殺了女友，女友也因此跟他分手了。然而他對那場遊戲一直印象深刻。

上週半夜，心有餘悸的他，清楚記得他們組的團經過一區沼澤，遊戲中的女友有別於現實中的甜美，一伸手就抓住天空幾隻飛鳥啃食，反正只是虛擬的遊戲嘛！就想試試，她說，接著開始朝他攻擊，那場遊戲他一直印象深刻，他記得遊戲中的女友，如果他不回手反擊，她真的會殺了他。

62 苦心經營

簡筱霏工作的第二年領到一筆豐厚的績效獎金，碰巧在臺北冬季旅展的廣告瀏覽到一間五星評價的巴黎飯店有折扣活動，由於飯店風格不符合男友喜好，於是她決定邀請自己的閨蜜鄧女一起同行。男友得知後有點責怪她的意思。出發當日的凌晨，她接獲男友的死訊，愣了幾秒鐘，故作冷靜的掛上電話並告知閨蜜這個消息。鄧女聽了不以為然，安慰她說，這一定是惡作劇。簡小姐結束與閨蜜的通話之後，撥了三次電話給男友，電話始終未接通。時間一分一秒的過了，用信用卡事先預定的接駁車也準時抵達社區大門，她將行李搬入車內前往機場。坐在後座的她還是有點不踏實，於是試傳了一個簡訊給男友，男友一如既往地以貼圖回覆。稍後男友囑咐她旅途小心，更與她約定好返臺那晚來接機。簡小姐收到訊息後，終於能安心的出發了，一路上她每到一個景點都上臉書打卡，並傳訊與男友報平安。直到回臺灣那天無人接機，她才知道男友確實過量酗酒，在進家門時猝死，多日來手機早已因為電力不足而關機，目前被安置在檢察官辦案的證物箱。為了查出是誰冒用男友通訊軟體與自己傳訊一週，簡小姐來到男友的租屋處，發現房東並未清理他房內的一切東西，直接轉租給一個中年男子。在簡小姐鍥而不舍的逼問下，中年人坦言自己是鄧女父親，為了不希望女兒期待已久的旅行化為泡影，他來到簡小姐男友的房間了解情況，果斷租下剛死人的房子，透過簡小姐男友留下的筆電，解決簡小姐心理上的一切問題，只是為了協助愛女能順利開心的完成首次到歐洲旅遊的心願。

63 黑白分明

剛滿二十九歲的張雅勤擔任某公司的行政助理，主要負責客戶名冊的管理，儘管到了數位時代，還是有些紙本申請書需要以人工的方式建檔。剛開始確實是一份很輕鬆的工作，但隨著公司快速發展，湧入許多等待上架的資料，也擴增更多新的業務。老闆來不及栽培新人，在人員不足的情況下，只好請大家共體時艱。

起初只是做了一個簡單的夢，夢裡一如往常，雅勤坐在相同的位置，反覆處理白天尚未完成的工作，再熟悉不過的收件、審核、建檔，再收件、再審核、再建檔，也許是最近作業量大，才會有這種夢吧。工作太過平凡無奇，以至於沒有任何人打擾，難以中斷，更遑論驚醒了，只能靜待鬧鐘，才能離開一夜夢境。三天之後，簡單的夢成為她的夢魘。從小到大未曾恐懼做夢，可是不分晝夜的工作擊潰了她。白天上班，晚上在夢裡加班，下個白天更是超時加班，無止盡加班直到第十二次加班的時候，原本趴著小憩的雅勤，突然覺得自己非終止這種日夜循環不可，立刻起身走出公司翹班。翹班的她輕快地逛街散步，但在百貨公司購物時發現失去心跳加速的感覺，上洗手間對著鏡子摸著脖子上的脈搏，感覺心跳似乎停止了，嚇得跌坐在地，此刻被手機殼劃破的皮膚不會痛，也不會流血。現在的她要怎麼辦？明天她還要去上班。

64 宜室宜家

三位室內設計師決定一起經營一個網路社群，最初他們以聊天的方式帶入專業的案件說明，輕鬆休閒地談一些設計的專業知識，後來慢慢開始找來自己的另一半與孩子入鏡。其中一位設計師的先生一直無法克服心裡障礙，總是以穿扮動物裝的方式錄製影片，卻也逐漸成為該視頻的招牌。往後他們上山下海，不拘於任何地點錄製影片，也嘗試讓小孩子穿著動物裝入鏡，一來是可愛，需要小隻的在螢幕前賣萌，二來是保護孩子隱私，不讓他們過度曝光。

某次他們接了民宿的業配，計畫從民宿的周邊景點帶到獨棟別墅內部的高質感陳設，戶外錄影的時候，一個孩子因為悶在可愛的造型裡太久而昏迷，隨後送醫不治，這讓三位設計師面臨合作以來首次的衝突。解散之後，三位設計師重新尋求適合自己的方式經營個人品牌網站，十年後各自成為業界不同風格的山頭。然而曾經因為拍片而失去孩子的設計師，近期因為忙於事業而疏於家庭，近日與先生協議離婚了。沒有人知道她的心裡一直為此不平，總覺得自己是犧牲一個孩子一個丈夫換得成就，但另外兩個設計師卻如此光鮮亮麗，如此順遂。她越想越不平，日夜盯著另外兩個人的孩子，幻想各種殺死人家孩子的方法，並找人在她們的任何一支影片與文章底下留言詛咒。久而久之，另外兩位設計師決定報警處理，但揪出主謀後，兩人反而心軟了。他們協議放過這位昔日的事業夥伴，就在此時新的悲劇發生了。因為擔心被抓而無法實現對兩位設計師的報復，這位心理扭曲的設計師竟花錢請詛咒公司幫忙，順利讓兩名設計師的家庭一夕破碎。

數月後，悲痛的三人在庭上嚎叫，似哭似笑的指認彼此。

65 東窗事發

一

一則新聞報導高雄某國中小女生涂佳芸青春期剛開始，滿面膿皰，舊的膿尚未痊癒就長出新的膿，爛膿上加紅皰。隨後大小痘痘就沿著她臉頰脖子，蔓延至前胸後背，局部也出現一些感染問題，不出三個月即全身長滿膿瘡過世。記者採訪皮膚科醫師，醫師認為小女孩很可能是父母太忙碌，從小三餐都是獨自外食。由於父親每日給她的零用錢有限，一天一百元解決三餐，份量足夠與美味是她最重視的，小女孩長期偏好油炸食物，加上高溫起鍋的食物常以紙盒與塑膠袋盛裝。多年下來，涂佳芸開始有嚴重的面皰困擾，但是她並沒有改變她的三餐，又或者說無力改變飲食習慣。

二

第一學期開學了，生活應用科學系的碩士生顏孟晴向指導教授表示想以「日常生活中的食物」為題，撰寫自己的畢業論文。曹老師覺得可行，請她搜集更多相關資料以利討論。當週她就注意到了小女孩涂佳芸的新聞，可是當她開始研究這個案例後，卻發現小女孩的飲食習慣跟自己沒有太大差異，一般來說，早餐是吐司夾薯餅，午餐吃辣醬乾麵，晚餐則是一份雞排。因為零用錢很少，所以食量也很有限，就算是不健康的食物，量也不足以致死。於是她開始和老師討論涂佳芸致死的其他可能。他們發現涂佳芸從小生在知名的癌症村，該區域短短八年，即有四十二位居民死於肺癌。顏同學實地訪問里民，大家都認為嚴重的空氣汙染，很有可能才是造成小女孩膿皰難以痊癒的主因，但是她並沒有改善她的空氣，又或者說無力改善居住環境。

三

高雄某區近日被點名為癌症村，一位議員帶著里長出來說明該區汙染的情況，以免人心惶惶，重創該區房市。里長向大家說明涂佳芸小朋友年紀很小，接受汙染的時間相對少，本區雖然煙囪林立有一些汙染的問題，但是問題更有可能出在她自身的生活習慣，請大家理性看待這件個案。同時議員也告訴大家，近三年針對該區汙染問題，已爭取到更多的回饋金，比起五年前的四百元，目前三倍提升至一千二百元，臺下報以熱烈掌聲。緊接著有記者犀利提問，請議員不要模糊焦點，如果不是水和空氣汙染，那是什麼讓涂同學死於一身膿瘡！議員重新舉起麥克風，嚴肅的告訴大家，大家都講環境！環境！議員苦民所苦，也深知環境重要，所以這部分他特別請了一位毒物專家來分析說明，一起釐清小女孩的生活環境到底出了什麼問題。毒物專家上台，首先感謝議長，由於該區汙染廣為人知，議員從政以來一直積極替本區積極爭取汙染補助，盡量給居民最大的福利。尤其議員特別重視文化教育，為相關區域的中小學爭取建設經費，本次涂佳芸的問題應該就出在學校用善款建設的新教室。學校讓學生在新教室蓋好的第一時間遷入，這是很可怕的，牆壁上的漆，新的桌椅，書櫃櫥窗，甚至黑板全都有化學塗料，會影響孩子的內分泌等健康，當然會讓我們的孩子生病。我們的孩子還小，看到新的教室很漂亮，卻不知道學校把他們當人體過濾器，這太恐怖了，涂妹妹很可能就是這樣痘痘長不停，但是她並沒有改變她的教室，又或者說無力改變上課地點。

四

近日校方在輿論壓力下，由國小校長出來說明學校教室採用綠建材，一切裝潢設備皆以環保材質為首選，並請來知名建築師背書，其他同學也都沒有類似情況，請家長不要過度擔心。最後，為了協助研究生顧孟晴的論文撰寫，避免社會有更多不必要的恐慌，學校也請來了生活應用科學系的曹副教授，教授表示這是一篇很有價值的研究，關於涂同學的死因眾說紛紜，回到最初這篇論文討論的核心，請大家聚焦在小女孩個人飲食習慣的討論，希望大家不要捕風捉影，也請媒體朋友一起幫忙導正風氣。

66 情不自禁

夏天的浴室每到半夜就傳來陣陣惡臭，為了解決這個惱人的問題，劉先生幾乎試遍所有方法，無奈整個夏天都無法改善。在求助第五名水電工無果後，劉先生下定決心換一間房子。他開始看房，並規劃在半年的時間內完成搬家，擔任仲介的好友詹先生也介紹他不少急於釋出的漂亮物件。這些急售物件在議價上底線明確，找房子的過程非常順利，劉先生很快搬入新家，那天剛好也是劉先生的生日，於是整團都喝開了，來幫忙的五個好友為他唱著生日快樂歌，整間屋子幾乎包不住他們歡樂愉快的喧鬧聲。往後，他家裡三不五時迴盪著「生日快樂」，起初他不以為意，直到某天因為晚餐喝了咖啡而失眠，失眠的晚上聽到的聲音就更多了，劉先生隔天非常疲累的上班，工作時頻繁失誤，由於都不是什麼太大的過失，所以不但沒有惹惱同事，還引起同事關心，大家決定去居酒屋好好吃一頓，抒發一整日的疲憊與不順。回家後，微醺的劉先生很快睡著了，這些聲音便不再出現。醒來後，劉先生看著仲介帶了一組又一組的買家來看他的房子，最後他選定了一位性格很可愛的黃小姐。黃小姐入厝後，一直有些不安，她帶來一個體質敏感的朋友回家，朋友跟她說，她與前屋主有緣，換言之，與其說是她找房子，不如說房子主人找她。

67 豁然開朗

十九歲從未交過女友的單身男大生陳浩盛作息非常固定，多年來習慣每日八點到住家樓下一間速食店吃歐姆蛋加熱拿鐵展開一天生活。某日他發現自己習慣的座位：角落第二排的位置被一個穿戴整齊的老人占據了。這名老人看起來應該有八十好幾，不知道為什麼在座位上堆滿報紙。陳同學每天看老人，都是一副專心閱讀的樣子，更勤做筆記。慢慢的他發現，老人身上帶有一些異味，所以在店內用餐的客人逐日下降。一個平日的上午十點，只剩陳同學和老人在店內用餐，離開前收拾餐具的時候，他與對方四目相交了。對方打量他的眼神帶些輕褻和赤裸，讓他渾身不舒服，此後陳同學開始做惡夢，夢裡那種非常不舒服的眼神逐漸困擾他。最後他不得不求助學校的輔導老師，諮詢時被要求清楚陳述整起事件發生經過的陳同學，不得不反覆思考這件事情，也讓他心裡越來越不舒服。不過，為了證明自己不是平白無故的求助，進而誇大了某些情節，甚至憑空想像了幾個莫須有的橋段，藉此增加自己的說服力。在協助者的導引下，他一再「完整」表達，杜撰出更多未曾經歷的部分。後來校方出面協同警方將早餐店裡的老人逮捕，才讓陳同學意識到自己的問題，他嚇得躲在家不敢出門，安排對質的那天早上陳同學便失蹤了。被釋放的老人，在走出警局的當下，看著湛藍的天空，覺得神清氣爽。

68 不可小覷

楊姓夫妻失和之後，楊先生寄情於工作，事業逐步起飛的時候也在外面擁有一個小愛人。小愛人生日那晚是楊太太第一次來抓姦，但卻空手而回，往後楊太太常常帶著不同的人來撬門，始終一無所獲，楊先生不堪其擾，一心要求離婚，無奈太太就是堅持守住這個婚姻。小愛人希望能與楊先生殉情，這個消息不知道楊太太怎麼獲得的，總之她在第一時間出手了。楊太太砸大錢到女士買歡的場合，找了兩位高富帥去追求丈夫的小愛人，並懸賞百萬，成功擄獲小愛人身心者，加贈一輛豪車。不出一個月苦苦糾纏丈夫的小愛人就變心了，痛不欲生的楊先生在自家陽臺上吊自殺未遂，這讓楊太太非常傷心，決定再也不管先生，自己也轉以其他方式尋找心靈寄託。直到有次，上完靈修課的楊太太拖著疲憊的身心回到家，打開臥室電燈，只見丈夫衣衫不整驚慌失措靠在床頭，楊太太察覺有異，立刻掀開丈夫棉被，赫見一名如芭比娃娃般大小的袖珍小三，極度驚恐地努力想遮住自己赤裸的身體。

69 無怨無悔

年輕的謝太太非常寂寞，常常一個人在家唱歌。謝先生晚上回家，以為是鬼在唱歌，小心翼翼的，循著細微的歌聲到浴室，才發現是妻子。不久妻子病死了，謝先生仍常聽見家裡隱約有人在唱歌。謝先生決定搬家。

清空房子那天早上，謝先生突然很捨不得走。

這間房子是十年前買的，距離新竹高鐵站很近，剛買的時候，附近有不少私人草地和停車場，如今逐區改建大樓。他走到客廳窗邊眺望，看到光明六路的那片綠地，想起以前妻常說，如果對面有人家看見我們的客廳會很沒安全感，她總是最關心對面會蓋什麼，但知道了也枉然。接著，謝先生來到主臥室，自己常年在海外工作，實際上這間主臥室應該稱為妻子的房間，每次進到這裡，也最令人難過。他沒有開燈，走到窗邊拉開窗簾，隔壁新建大樓的水泥牆整整齊齊死貼臥室的窗戶，伸手就能輕易觸碰對面牆壁，更不斷湧進施工的化學氣味，彷彿外面有什麼東西隨時能從這面牆爬進妻子的房間。

謝先生關上門，提起行李走出空房子，感謝妻子畢生無怨無悔。搬到新家後，困擾謝先生的聲音依舊，儘管四處求診，得到的診斷也不外乎：「生活壓力。」

70 撥雲見日

入伍前黃志翔通過一系列的視力檢查，分派為傘兵，卻在第四次練習時與隊友分散了。他看向上方，太陽正好在雲的裂縫中，迫降在定點南邊的溪畔。看著後方清澈的小溪，他十分慶幸自己沒有掉入滿是豬糞的水溝。一隻大老鼠從他的前方竄過，如此充滿野性的健康老鼠，黃志翔真是第一次看到。循著充滿生機的田梗走向農舍聚集的地方，他一路都在準備如何向第一個遇到的村民開口，說明自己因為天候因素掉到這裡，希望借個電話聯絡隊長。他走了很久，路上沒有遇到任何人。走在越來越寬敞的田間道路兩旁越是荒蕪，後來他判斷這可能是山腳下的產業道路，總之這裡出奇安靜，給人一種空城的感覺，他走在路上發現三名行動不便的老人盯著他，那種空洞不懷好意的眼神，好像把他當作食物。他安慰自己，自己年輕力壯，這些老人不可能對他做什麼。隨後老人們都戴上手套，不知道準備清洗什麼，他感受到鄉村一種著魔的節奏。他不敢求助於他們，開始埋怨自己為何會掉到這裡。黃昏的時候，他靠在路邊的樹下一不小心睡著了，夢裡又經歷了一次傘兵失去重量的感覺。晚上天氣轉涼了，屋簷遮蔽不到的地方開始下雨，他想找東西果腹，最後看到一整顆熟透的芒果，就在他思考是否要爬樹摘芒果吃的時候，瞥見一顆高度可能手勾得到的芒果，他伸手靠近，但還差一截，於是他看看地上，拾起最適合的一段樹枝。就在他快成功的時候，不知哪裡衝來一隻野狗對他狂吠，稍後一個老嫗站在他面前，向他宣示果樹的主權。傘兵不想惹事，他向老嫗說明自己的兩項需求：食物與電話。老嫗斷然否定他，她說自己從來不需要這兩件東西，說完就走了。傘兵等她走遠便成功摘了果子吃。吃完後，他將果子丟入一處池塘裡，沒有懸念的離開。他有點對這裡陰陽怪氣的村民感到生氣，但又無可奈何，他相信沿著大馬路，總有人能幫助他脫困。他帶了一包可以吃三天的芒果離開村子，果然遇上了一個卡車司機，司機告訴他這個村子的老人有多麼好多麼好，然而黃志翔完全不這麼覺得，他聽司機說年輕人在此被視為浮木，可以協助老人求生，沒有年輕人的村子，只要來了一個年輕人，他就能成為村子的統治者。更早以前，其實差不多才十年前，這個村子由一個藥局的年輕老闆所統治，說是年輕，四五十歲的年紀也只是相對於其他八九十歲的老人年輕，賣肉，賣藥，賣一切生命所需。後來這個藥房老闆可能搬去城市了，於是村裡幾名老人開始專門巴結這名司機，一旁的黃志翔不知道自己知道這些事，到底有何意義。

退伍之後，黃志翔成為一位遊戲設計者，在構思遊戲和故事情節的時候大量使用自己的真實經歷，例如他設定一個鬼國，每個玩家為飄盪的幽靈，必須不斷嘗試新的方法取悅神，藉此得以晉級。另一方面，他退伍後調查過了，當年那名司機自以為對村子很熟，卻始終不知道這是一座充滿殺戮的鄉村。村裡的老人只要發現這個年輕人沒什麼用，就會把人當肉吃，作為營養補充。幾年後那名守護芒果樹的老嫗打開 100L 巨大蒸籠，香氣隨著蒸氣四溢，遠近的老人都聞肉香而至，好久沒吃肉了，與其埋了燒了這些自然凋零的年輕的生命，還不如吃下去，生生循環。只是這些生命真的是自然凋零的嗎？還是為求新鮮，在未凋零的時候，就先一步被料理了。

71 一筆勾銷

臺南市中西區擁有大量古蹟，華麗的古建築群所在的四個里，近年人口不斷外移，剛上任幾天的新郵差，第一週就發現簽收信件的十有八九是上了年紀的老人，工作的第三年，許多住在漂亮屋子裡的老人也凋零了。其中有一座特別氣派的洋房，他一直期待能有這戶人家的掛號信，因為非常好奇，大房子裡面到底住了什麼樣的人？某日他一如既往的發送信件，卻在回到局裡時，發現有一欄沒簽到名。他大概回想了一下，卻記不起來剛剛簽收者的樣貌。於是這名郵差記下地址，帶著簽收簿再繞一次路到該處按電鈴，竟然就是他日夜思慕的大洋房。郵差一繞到這條路，就想起這是下午簽收的第二份掛號，他自嘲被漂亮的房子給迷住才忘了。按了多次門鈴後，穿著得體的老先生終於出來應門。老先生輕輕點頭，抽出自己胸口的鋼筆在空白欄上簽名。郵差心懷感謝地闔上本子返回郵局交差。隔天郵差卻發現昨日那一欄簽收竟然沒有簽字，不得不再去一次洋房，郵差向老先生解釋自己的疏失，希望對方協助簽收。老先生一臉疑惑的看著郵差，但還是伸手接過簿子簽名，郵差看著他的字跡非常淡，於是將自己的筆遞上，老先生猶豫的接過郵差的筆，描了一次自己的簽名，再還給郵差。之後，郵差陸續送件到這家的時候，他都會特別注意老先生的簽名。半年後，郵差接獲一位檢察官來電，破獲一起詐騙案的檢察官，請他提供某處地址的簽收字跡供警方比對。郵差查找的過程中，發現一件奇怪的事，就是某個人的姓名一再出現。就算明明是不同地址、不同收件人的信，還是會出現同一個人簽收的情況，他記得這個簽名是那個大洋房的主人，難道他一個人擁有很多房子嗎？為何穿梭各處簽收信件呢？

72 曇花一現

信義區的高級社區裡住了一群醫師夫人。孔醫師的太太實際年紀是五十歲，目測卻像二七、二八的少婦，為了保持曼妙身材而選擇絕育，儘管保養得宜丈夫仍然與其他女性偷來暗去。偶然她從電視臺購入一臺頂級空氣清淨機，見到第一次為自己搬貨物上樓的年輕小伙子，她就重新戀愛了。往後天天訂購電視臺的貨物，從單純簽收商品到彼此眉來眼去，也不過短短一個月，又過幾週還未交心就先滿足了彼此的慾望。孔醫師接到管理員好心通知，掌握妻子外遇的證據，返家與妻子深談之後，由妻子出面邀送貨員再到家裡作客，這一次夫妻同心，運用醫師的專業知識聯手將送貨員毒死，只要避開法醫熟悉的那幾種毒，就不易驗出真相。執行謀殺過程的刺激感，兩人熱烈的心跳讓彼此重溫初識的感覺，夫妻也因此重新修復了淡化多年的情感。

73 萬商雲集

一

在我們的這個時代，臺灣因為高房價，社會越趨保守，老人們擁房自重直到生命盡頭，更發展出童養媳的文化現象。女權學者對此深惡痛絕，舉辦研討會呼籲國際注意臺灣豪門的童養媳亂象，卻沒想到變相觸發更多豪門投入「家有童養媳」的炫富競賽中，上流社會已無法自拔……

二

新世紀第二個十年，全臺房價呈現兩極化，政客為了使蛋黃區房價保值，防堵城市的精華地段轉移，制定了一系列的政策，例如減少鄉鎮的地方建設，增加臺北市公私立大學的學生名額等等。然而無論政府如何避免都會房價跌幅，原本傾心投資房產的老人們，仍然對房產失去興致，擁有房子對他們早已不是那麼新鮮的事。他們開始希望用錢，或者手邊任何有價值的資產，換得年輕生命的陪伴。而相較於男孩長大之後容易重回原生父母家庭，亦即傳統說的認祖歸宗，演變為侵奪財產的可能性極高，最理想的莫過於認養女嬰女童，長大之後再嫁給自己的親生兒子，財產完全不會外流，又能繼續生兒育女，重複「矖娃」的正向循環。於是，許多生活無以為繼的年輕男女開始生孩子，將他們的女孩賣給老人養育。至於生育能力已下降的中年夫妻，則想盡辦法提供薪資證明，爭取領養，有技巧的向孤兒院詐得女孩轉手給房東取代房租。女權學者認為，臺灣已倒退回二次大戰後初期「賣女養兒」的慘況，今天許多青壯的中產階級家庭，為了養育已有數年相處情感的子女，將剛出生、或領養來的女童求售，換取資金照顧現有孩兒，這不是文明的倒退、文明的悲劇嗎？

三

臺灣不知何時開始有了一波矖娃的熱潮，根據女權學者研究，恐怕跟臺灣已進入「後社群網站時代」有關。過去民眾使用社群網站，最常炫耀的內容莫過於：以貓狗為大宗的可愛寵物照、以出國為大宗的旅遊照、享用豪華大餐的美食照、各種濾鏡的自拍美照，這些照片表面上偽裝為真誠記錄生活，潛在的思維，不外乎是希望向人展現我的特別，滿滿的炫耀精神。研究結果更可悲地表明：人類最愛現的照片，往往就是點擊率最高的照片，這也是「社群網站炫耀症候群」長期難以遏止的原因，基本上這是人類的天性了。然而久了也會厭煩，當貓狗新聞、正妹新聞、異國旅遊等訊息，都已經讓人感到枯燥乏味、千篇一律之後，「曬娃」的風潮開始蔓延。女權學者研究「曬娃」與「炫富」劃上等號的原因，生育能力最佳的年輕族群，普遍因為各種原因不生育，必須是具有一定經濟能力、社會地位，以及休閒時間的年輕人，才擁有貼「曬娃」照的本錢；而生育能力差的退休族群，在他們的社交圈中，新生命的出現本就是最可喜可賀的事情，因此「曬娃」照自然成為最吸睛、最讓人稱羨的發文。另一方面，據富人階層的社群網站使用統計，因長年受到豪宅、珠寶、跑車、美女、美酒、美景，甚至捐款數目、國外知名大學學歷的洗版，這些物質上的貼圖，早已無法吸引他們的眼球，麻木的程度更甚一般人，炫耀這些，在上流社會中反而顯得俗氣而易被排擠，於是「曬娃」同樣成了最佳選擇。當孩子已等同奢侈品，販賣嬰兒用品、兒童用品的店家如同當年的寵物用品店般雨後春筍地在臺灣展店。可是，研究顯示臺灣的生育率卻仍在不斷下降。

74 開誠布公

北部一名大二生姚品芹，因為同居三年的男友劈腿而分手。原本就熱衷命理的姚同學，如今更是變本加厲，修課之餘的時間都拿來與幾位閨蜜四處算命。某日下課後，她一個人死在套房內，連續兩個禮拜沒有上課，開始有朋友認真找她，才發現品芹已身亡。原因是姚同學住處樓下有一位賣青草茶的婆婆，每天都按古法煮茶，宣稱附近不少鄰居喝她的茶三四十年了，近日因眼力不好，老鼠藥滑入一整桶漆黑的熱茶，失手毒死一批客人，其中也包括姚同學。

出庭的時候，阿婆嚎啕大哭充滿悔意，法庭最終判她過失殺人。很快的她出獄了，接受記者採訪的老婆婆表示自己一無所長，為了感謝社會對她的寬容，往後將每日免費贈飲一百杯青草茶。兩年後，再次發生客人喝青草茶大規模中毒死亡的悲劇。事件爆發當下，婆婆即留下遺書，將賣剩的青草茶飲盡自殺。警察在她家裡搜出六十年販茶所得，巨額現金高達上千萬，且查出是鄰居眼紅她生意好，仿造當年事件，特地在她門口放涼的煮茶鍋，投入老鼠藥。

類似的慘劇也發生在南部：京都維也納社區有一處流動攤販，主要販售青草茶，在炎熱的南部深受歡迎，社區附近不少經常外食的獨居老人、上班族、學生，每天都有來一杯的習慣。十年來該社區陸續有人孤獨死在自宅或租屋處。這件事首先引起社福單位的注意，於是警方開始同里長一起清查各戶，發現以青草茶攤位為中心兩百公尺內，十年來已超過二十名死因不明的往生者，沒多久該里房子出現拋售潮，附近也開始流傳一些恐怖傳說。由於青草茶並未驗出任何急性毒藥成分，加上各家青草茶的組合配方都不同，警方只能強迫該里賣青草茶的阿伯公開祖傳秘方，才發現當中有一種致命植物竟拿來製作消暑飲料，但是也無法挽回任何生命了。

75 機不可失

原居住臺北東區的家庭主婦蘇女士，偶然得知先生外遇，當月果斷離婚並取得一歲獨子的撫養權。每月定時匯入戶頭的高額撫養費，讓她擁有經濟自由。數月後更獲得前夫贈與一筆九位數的鉅款。她毫不考慮的回到故鄉鶯歌置產，購入一間占地二百坪的豪華農舍，完全徜徉在充滿自然的綠意生活之中。幾經評估，她決定聘雇定期打掃的園丁與清潔員，其餘家事全交由頂級家電取代處理。起初每個電器的功能都讓她非常滿意，尤其是一臺她花費不貲添購的遠端掃地機。這是一臺功能強大的新機型，非常貼心且自動化。此外她將兒子託付給父母，讓自己重新恢復往日自在的單身狀態。不到兩個月，她就覺得家裡實在太無聊了，所以逐漸養成每天去星巴克用餐的習慣，看別人聊天，甚至是看店員忙碌都比自己一個人在家好。沒多久她發現有一組私人家教團，固定在每週二四五的下午兩點到四點，使用店內唯一的大木桌教授日語。曾經非常喜歡到日本旅遊的她，開始偷聽大家上課學習日語，並莫名的獲得滿足與開心。可是經過一個農曆長假，他們也停課了，為迴避偷聽課程的人，改換其他地點了吧。蘇女士等了一個月耗盡耐心，回家後將失望帶來的怒火發洩在掃地機上。踹了幾次之後，掃地機開始有些不聽控制，她常常不知道它躲在哪一個房間，覺得它是像貓狗一樣狡猾的東西。機器越是故障，她越是暴力。被她虐待的機器越來越多，到府服務的家電維修人員從原本的不忍心，到最後極端恐懼地從傷痕累累的機器去推敲它們之前被施暴的過程。往後，維修人員都知道千萬別讓蘇女士為新機買保險。某日省道上一臺失火的小型轎車裡，發現幾臺被壓碎，機殼剝落得體無完膚的掃地機和吸塵器，路邊一個筋疲力竭的女子仍不停對著車子瘋狂咆哮，體內斷斷續續的發出來自地獄的聲音。

76 言行一致

南投山上有一間私人經營的「櫻森山莊」，山莊主人固定做登山旅行團的生意。週末晚間都有山友們聚在山上說夢，大家把自己印象深刻的夢說得光怪陸離非常厲害。其中一個年輕人坦承沒有什麼想像力，但大家不約而同，對他的夢評價最高。原來年輕人為了融入大家，嘗試做了很多驚悚的事，此外還會觀察大家聽完之後的反應，在下次改進自己的作案手法。沒有人知道，他所說的全部是事實，後來也被證實是事實了。

當年山莊的小主人常期盼年輕人上山說故事，私下也很喜歡找年輕人玩，然而年輕人為了嚇唬小主人，常常跟他說一些山中魔鬼的駭人事件，並教他如何識破山中魔鬼的詭計。山莊小主人也因此學會很多推理破案的方法，他好幾次按照年輕人說的故事，在山裡找到被鬼怪殘害的屍體，所以兒時的他深信那位年輕人真有神通。直到後來有天警察找上門，小主人才恍然大悟，當初根本沒有什麼山中魔鬼，一切慘案都是年輕人所為。這件事對小主人有很大的影響，從那時候開始察覺山林的危險，也知道年輕人說過的犯案手法都是可行的，往後各種毀屍滅跡的方式都逃不過他的眼睛，深諳山林犯罪的他儼然成為山中偵探，協助追蹤多起神秘失蹤事件。

多年以後，當年的民宿第二代，即「櫻森山莊」的小老闆出來說話了，他上遍各大節目暢談自己兒時的山居經驗。從野外求生到深山鬼魅，最後自己乾脆開一個 YouTube 頻道，專門討論山中傳說。

偶爾也舉一些自己近日偵查的案子，表示山中幾乎沒有他不知道的路，例如最近因為對路況太熟悉了，發現兇手調對了受害者的登山記錄器，進而破了三年懸案。此外也公開提到童年遇過一位年輕殺人魔如今尚未落網，他一直深信對方有一天會回到「櫻森山莊」，因為他最後一次作案時留下一個關鍵證據在山莊中，而他自信是世上唯一有能力破案的人。諸如以上旅遊兼具推理驚悚的視頻大受歡迎。小老闆帶動新的「山談」風氣，節目也爭相仿效。緊接著，許多因為製作節目而深入山中的藝人與製作團隊也遭遇嚴重山難，繼續為了山林增添不可思議的傳奇。

77 夜不閉戶

臺中有個將近五十年的老舊社區波士頓城堡非常知名，是戰後一位國際知名建築師的得獎作品。多數住戶在社區出現嚴重漏水與治安問題後陸續搬離，原本一百二十戶，只剩下四五戶，社區收不到管理費後，連保全也離開了。後來二樓住戶代收了一堆信件與包裹，卻聯絡不到另外三戶鄰居來取。直到他搬走那天，才得知幾名鄰居也都先搬走了。人口全數淨空後，美麗的房子卻給人一種傾頹之美，多位國際攝影師鍾愛這份廢墟風，來到此地的日本攝影師更新創一個詞「致鬱宅」，形容明明是非常好的房子卻因各種原因顯得異常頹廢的現象，從此變成時尚主流，更反過來影響新建案的風格，遍布許多刻意蓋成陰森老房的新成屋。

78 心心相印

自小住在宜蘭平原的雙胞胎姐妹，年滿十八歲即離開東部，各自赴臺北和高雄發展。定居北部的姊姊偶然在春節前夕接到警方通知，告知妹妹的屍體在家鄉一處海濱被發現，現場沒有打鬥痕跡，也沒有財物損失等明顯外傷，初步研判沒有他殺疑慮。姊姊當日趕到現場確認妹妹身分。然而久居臺北、日以繼夜工作的她來到海濱，第一眼看見這片海景時，突然覺得這片大海，還有陣陣海風是多麼令人心曠神怡啊！當下她就有一種感覺，覺得妹妹是自殺，而且特意選擇了這處秘境，多麼羨慕她能看著這片美景死去。回臺北之後，美麗的海濱不時浮現在姊姊的腦海，為了滿足自己對海的思慕，她在狹小的租屋處掛了多幅海景。久而久之，三坪的半地下室套房，反而成為一個充滿希臘風情的旅青臥室，她躺在房間，常想像一樓的地平面作為藍天與大海的分際，想像自己才是那個拋下一切，長眠海面下的雙胞胎妹妹。經過半年，姊姊交往十二年的男友池醫師到她的住處過夜，起初以為她是思鄉之情作祟，後來慢慢發現她對海有種莫名的嚮往，於是在求婚成功後，立即安排了一場海島婚禮，更精心策劃一趟環遊世界十大海景的蜜月旅行。旅途中，這對小夫妻的感情達到前所未有的進展，回到臺灣後，姊姊毫不猶豫地辭去工作，一心一意的愛著她的丈夫。她扔掉之前搜集的所有海景圖，換上自己蜜月拍攝的照片。數月後，警方在當年那處東部海濱發現了姊姊與其腹裡雙胞胎的屍體。她的行為讓第一時間得知噩耗的先生非常不解，直到他也去了那個地方，才恍然大悟，覺得世界上沒有一處海，比這片海更讓人心曠神怡了。回家之後，他日夜收拾妻子的遺物，並妥善的保管這些物品。幾年之後，池醫師交往一位新的女友，新女友被男友家牆上的美麗攝影所吸引，她十分好奇這些美麗的海的位置，為了知道這些海的名字她輕輕揭下貼在牆上的照片，卻發現男友亡妻當年留在每張照片後面的遺書，才意外揭開這場連環謀殺的真相。

79 不合時宜

臺南施振齊先生偶然收到一封遺書，但他對這名死者完全沒有印象，想退回信件卻一再寄來。滿腹疑惑的施先生最後決定將其視為一樁惡作劇。一週前施先生住家正後方那棟大樓發生一件意外，有一位女子陳屍在車庫內被發現。根據警方調查，程小姐大學時期曾墮胎數次，養了多隻流浪動物希望降低業障。男女關係複雜的她在三十歲那年頓悟，開始茹素並自稱仙女，偶爾會因為重要客戶而破戒，為了維持曼妙身形堅定不吃肉，但陪哈幾根菸、豪飲幾杯是可以的。死亡當晚，她應該是喝得太醉了，直接將車開入電動停車庫後，熟睡在密閉的車子裡，時間過久，不幸缺氧而死。程母受女兒託夢，表示女兒生前天天在陽臺抽菸觀察施先生細心澆養植物，期待對方能收養自己的寵物，表示想嫁給施先生，附上結婚證書，以及一封表達愛意的遺書。

80 相持不下

一

有一間位於臺中火車站對面的連鎖寵物店，每隔幾個月都會展示新的幼貓，品種多是美國短毛和金吉拉，偶而會有布偶貓和曼赤肯。近期有對小情侶常到店內光顧，值班的店員偶爾看情侶交頭接耳，就會走過去向他們推銷幼貓，但是他們只要看到店員上前就會停止交談，面無表情讓店員尷尬退開。久而久之，店員們常會在背後對他們議論紛紛，視其為奧客。往後這對情侶到店裡看貓的時間越來越晚，每次都影響了店員的下班時間，店員明知道他們不會消費，但是又苦無方法將他們趕走。直到某一天，一位陳姓店員終於忍不住上前，告訴他們營業時間已到請他們馬上離開。這時情侶卻掏出二十八張千元鈔票，表示要買下櫥窗裡那隻五個月大的曼赤肯，陳姓店員又驚又喜的收下鈔票，將貓咪送給對方，並奉上隨貓附贈的貓砂等用品。陳姓店員更忍不住得意，將賣出貓咪的消息傳到公司群組，告訴其他工讀的店員，這對情侶其實是愛貓人士，只是一再猶豫，下不了手買貓罷了。某日打烊前情侶再度登門看貓，這次老闆打算熱忱接待。老闆來到在他們身後，卻聽到他們仔細討論如何煮貓料理。

二

一對小情侶逛遍市區的寵物街，最終決定領養代替購買。兩週後，他們在動物中途之家的網站上看到一隻藍眼睛的白色金吉拉。經過一番努力，才符合對方開出的所有申請條件，也幸運領養到了。動物中途之家告訴他們，貓的名字叫「想你」。想你非常黏人，很快的便跟這對主人形影不離，並有窺視兩人的習慣。起初他們都不以為意，甚至因此覺得牠格外可愛，直到偶然得知養貓的前幾任主人接連過世。兩人開始對這隻貓有了不同的想法，原本感情甜蜜的小情侶首現爭執，女友想將貓送人，男友不願意。約好分手那天，女方將貓交給男方，隔天她返回男方家裡要拿充電器時，發現男方已死於酒精中毒。過往的甜蜜浮現，女孩想自殺隨男友去，卻看到一旁的貓而作罷。她遵照男友的意願，繼續照顧想你。想你常看女孩下廚，女孩每次都會開瓦斯爐為自己和貓做飯。想你以為點火就會有食物，晚上餓了，牠跳上瓦斯爐自己點火，不小心身上著火，想你四處亂竄，點著整個房間，連同睡夢中的女孩一起燒死。

81 暑往寒來

王同學到了期中考還在請假，章冬澤老師打電話去關切，但王同學未接電話。由於章老師一再打電話給學生，引起家長的注意。該家長到學校約章老師見面，才知道原來王同學生了重病。不過家長為何隱瞞這件事呢？為何一副很擔心老師已經知道了的樣子？章老師告知家長，截至目前王同學已請假超過學期一半天數，如果不辦休學，只能退學了。家長告訴章老師，請協助他辦退學吧，因為目前還需要住院治療。王姓家長的神色過於匆忙，讓章老師逐漸起疑，學生真的生病了嗎？還是有其他原因，不能來學校？章老師意識到，同學更有可能被家長限制自由了。當天王姓家長立刻為孩子辦妥退學手續，這一天章老師仍然沒見到王同學，往後，章老師自然再也沒聽過任何有關這名學生的消息。

82 一覽無遺

繆思也是魔鬼。

鄉下的燈常會掉下蟲子，在農村長大的插畫家WingF從小就喜歡待在燈下。他會拿一張報紙鋪好，搜集從燈管掉下來的各式各樣的小蟲。儘管現在眼力不如以前，但他依然對搜集蟲子有特殊偏好，為燈下的小蟲留下速寫並精心收藏，這些蟲子彷彿是他插畫時的繆思，他也因此有了獨樹一幟的風格，享譽業界。為了工作，WingF不得不住在市區，遺憾的是，城市就算下過雨，也很難找到有那麼一盞燈，可以像小時候一樣滿足他搜集蟲子的癖好。所以他必須忙裡偷閒，定期回到外婆家搜集蟲子。更為了重複搜集不同的昆蟲，他開始旅行，遊遍國內外。由於租屋的關係，WingF常常搬家，更換不同的居住地點，直到偶然找到一間不可思議的房子。

這個地方是他偶然跟仲介在看屋的時候，發現對面有間公寓窗戶沒關，室內隱約有一盞燈聚集了很多小蟲子，數不清的蟲讓原本應該散發光芒的燈成為灰黑色，WingF 為此特別興奮，什麼居住條件都拋諸腦後了。此刻他只想租下對面的房子，經仲介打聽，得知對面的房子只售不租，WingF 沒有太多猶豫。幸運的是這名仲介非常有經驗，很快就幫他成功買到手。

只是屋內的窗戶根本關不緊，他在這盞燈下搜集到很多蟲，創作了許多超越人類極限，受後世推崇的恐怖插畫。沒多久房子的不良居住條件逐漸改變了插畫家，他雖然住在家中，外貌卻變得像流浪漢一樣。又經過一段時間，他死在屋內，蟲子很快爬滿他全身，更具體的說，這些蟲幾乎啃盡了他的身體，甚至影響相關人員驗屍。最終專業人員也無法判定他的死因與死亡時間。

83 無所不在

二十五年前，家住恆春的洪金亮因工作而北上，結婚之後也定居臺北，每年只有農曆年會返鄉。前幾日，他老家獨居的母親被發現陳屍在客廳，金亮不得不停下手邊的工作偕同妻兒返回屏東奔喪。經警方調查，初步研判七十歲的母親在噎到後扶著茶几倒下，死前手中緊握電話筒，還未撥出即失去意識，癱軟在客廳，未獲得即時的救援。兩日後鄰居發現曬在門口的衣物一直沒有收，叫門也無人回應，才聯絡里長偕同警察一起破門。

守喪期間，洪先生發現家裡的桌椅，甚至新停的棺木上都出現數量驚人的壁虎糞便，妻子也為此十分煩惱，但他卻懷念起小時候，以前家裡也隨處是壁虎大便，不過他從未在家發現壁虎的蹤跡。記得母親告訴他，壁虎夜晚才會出現，所以白天看不到牠們。可是從小到大，他也未曾於半夜聽見壁虎發出聲音，或察覺任何關於壁虎的動靜。想到這裡他開始尋找小時候掛在門口訂購的羊乳玻璃瓶，他記得自己曾把小蟲分門別類的封存在那些洗淨的羊乳瓶子。

距離出殯還有三天，他每天與妻子清理家中的角落，櫥櫃、浴間、床底、梳妝臺都一一擦拭了，然而他在家裡從未看見壁虎。除此之外，他每天需要餵養客廳那隻價值連城的龍魚，小時候母親負責養龍魚，他負責養鬥魚。那時的他一直以為自己飼養的是龍魚苗，並期待他的鬥魚長大。他不太清楚母親平時怎麼養龍魚，但自己常常抓小蟑螂餵鬥魚，偶爾也將路過眼前的蚊子和小蜘蛛丟進魟內餵魚。隔著玻璃，魟裡的水依然清澈，銀粉色的龍魚目光炯炯有神，反覆巡迴，找不到屬於牠的食物。洪先生將昨日在手搖杯裡捕抓到的蟑螂丟入魚魟，又遵照網路推薦的，放一群「小紅豆」下水，龍魚還是瞪著眼睛不肯吃。

洪先生繼續扔掉老家囤積多年的垃圾，他終於在母親廚房流理臺的左右兩側大抽屜，翻出放滿一大盒蔭乾的壁虎。還好不是妻子發現。這些死壁虎的顏色，讓他想起母親的膚色以及青紫色的黑眼圈，他趕緊打開盒子，扔一把死壁虎給龍魚。魚冷冷的看著他游開，果斷與乾屍壁虎拉出一個距離，依舊什麼都不吃。隔天警方到場說明法醫解剖報告，發現一些訊息，洪母的腹中有壁虎，而且是大量的消化不完全的壁虎。死者更是被壁虎給噎死的。

你都不知道你的母親有吃壁虎的習慣嗎？

可以判斷是生吃還是熟食嗎？洪先生再問一次，請問可以透過化驗判斷她料理的方式嗎？也許這事已經超出警方的管轄範圍了，對方沒有回答，倒是反問了洪先生，洪母都去哪裡抓壁虎呢？她的肚子裡還有一種非常奇特且罕見的細菌，不應該在人體內發現才對。警員做完該做的工作就離開了。妻子上前，抱怨在廚房的乾貨區，不知道是誰搜集了百隻乾壁虎，怪噁心的。

洪母出殯後，家裡開始有壁虎了，洪先生從屋簷抓下三隻，扔給龍魚。落水的壁虎不滲水的腳掌在水面輕輕拍擊出數道水花，餓瘋的龍魚瞬間衝出水面將壁虎吞食。洪先生看著龍魚吃壁虎的樣子，直覺推敲，會不會獨居的母親也見過龍魚吃活壁虎的興奮模樣，所以忍不住吃了一口，從此喜歡上那個滋味？

84 鬧中取靜

一對年輕夫妻經過十年的儲蓄，看中一戶溫馨社區的房子。物件位於頂樓，視野極佳，此外還有空中公設與造景。參觀的時候，社區鄰居彼此親切互動，路過的住戶也主動和他們打招呼，讓小夫妻留下非常好的第一印象。幾番考量與比較之下，他們決心下了斡旋金，房東很快退讓，願意比照社區低樓層最近一筆實價登錄的價格出售。夫妻入住新居後，每日用過晚飯固定到社區附近的運動公園散步，這裡最熱鬧的遊樂設施是溜滑梯，此外常客滿的便是鞦韆了。有次年輕的妻子不慎扭傷腳踝，丈夫扶她到鞦韆坐著休息，熱鬧的溜滑梯圍滿孩子，年輕的丈夫體貼的為小朋友們開燈，從此開燈也成為他們的習慣之一。

玩得起勁的小朋友常顧不得禮貌，衝來撞去，總是玩得很開心，一旁的家長也常三三兩兩的走在一起聊天，不少是同社區的住戶吧。某天年輕的丈夫一直在公園慢跑等候加班的妻子，已經十點了，在遊樂設施那區的小朋友們還是玩得很開心，這讓丈夫有點為孩子們擔心，時間更晚一些，他想去熄燈了，勸小朋友們早點回家休息。

妻子回到家，發現先生一直聯絡不上也不在家，隨後發現丈夫換了布鞋出去，應該是到公園運動，不過怎麼會這麼晚呢？她立刻到公園找丈夫，發現公園還很熱鬧，大人和小孩都在，丈夫也在遊樂場與溜滑梯的小朋友玩，她直接走向他，但丈夫只顧著跟小朋友玩，看都不看她。這時妻子看向精力旺盛的小朋友，才覺得不對勁，她下班都已經一點了，再仔細看，這裡的大人其實都不是小朋友的家長，只是一群被小朋友困在操場的大人。丈夫依舊在遊樂場跟小朋友玩，沒有絲毫要離開的意思。她感到害怕，想立刻回家，卻一直繞著運動公園走不出去，但不管任何人主動邀請她，她絕不加入他們的遊戲和聊話。好不容易堅持到早上，終於走出那個公園。害怕了一整夜的她奔回家中，正要拿出鑰匙開門，卻看見丈夫的布鞋早已在門口等著了。

85
耳鬢廝磨

在外帶區排隊等早餐的時候，林小玲看見對街高樓的某個窗戶有名戴著棒球帽的男子正俯視著馬路，男子一轉頭也發現小玲看著他，隨即向她露出一個不懷好意的笑容。小玲收回目光，拿了早餐便迅速離開現場。回家的路上遇到一位遛狗的人，小狗一直朝著她吠，又過幾秒小玲才意識到小狗是對著她的後方狂吠。順著狗吠的方向一看，小玲發現那名男子不知何時已跟在她的後方，還發出嘶嘶的聲音想吸引她注意，小玲大吃一驚，連忙走回熱鬧的街道上。眼看男子沒有跟過來，她想了想還是不安心，隨手招一輛計程車來到鬧區的百貨公司逛街。一個人逛著覺得無聊，臨時撥電話給幾個朋友相約唱歌。連續歡唱六個小時，再和兩個閨蜜去看一部動畫片，經過一整天的嬉鬧，已沖淡上午心中的恐懼。時候已經很晚了，返家開門的小玲在門前路燈的照耀下，發現後方有個男子戴著棒球帽，影子一直來到她的腳下，嘶嘶嘶，她內心警鈴大作，當下拔腿就跑。一路狂奔至街口的 7-11，幸好對方沒有跟來，但是她的住處已經暴露了，而且門還來不及關。恐懼突然襲來，她回憶起那名男子臉上的笑容，還想起電影院後排的陌生人一直發出奇怪的聲音。

86 奇貨可居

就讀國小二年級的泰雅族女孩尤瑪，報名參加學校舉辦的博物館參訪，這期展出一系列保存完好的漢代珍稀文物。眾人隔著玻璃觀看漢墓出土的裸體女屍，墓主白皙的皮膚至今仍保有彈性，毛髮也根根分明，表情雖不至於可怕，卻讓人感覺到一種空洞，就這樣靜靜仰躺千年，為讓文物以最佳狀態呈現，館方僅在重要部位以白布遮蓋。尤瑪和好朋友搶站第一排認真聽館員講解，勤奮抄寫筆記，她一邊聽說明一邊看著這位尊貴的夫人，沒想到自己能跟千年前的貴族夫人同處一個空間。從此尤瑪只要仰躺床上，閉眼就會想起那位裸體的貴族夫人。長大後，尤瑪成為一名穿搭俐落，精明幹練的女強人，她向第一天新訓的員工表示，一名優秀的 office worker，無論你的專業是什麼、負責的業務是什麼，共通點在於隨時保持「敏銳度」，她告訴他們，自己維持敏銳度的方式，即是從不仰睡，多年來維持側睡的習慣，尤其是左側睡，並列舉側睡的多項好處，皆有醫學研究的背書。公司也特別開闢了一間玻璃隔間的「側睡室」，內有一張頂級床鋪加上舒適床組，員工隨時可以到那邊休息，唯一的要求就是必須側睡，做為推廣側睡之用。這樣外頭經過的人，就能看見同事在裡頭側睡的香甜模樣，進而調整自己的睡姿。員工們也調侃，稱這裡為「佛祖休息室」，表示看裡頭的人睡覺，都像在看一尊臥佛。不管如何，這股側睡風潮，也在尤瑪的出書推廣下，席捲整個商務界。然而，長年側睡的尤瑪，也要求男友必須側睡。半夜醒來，只要在黑暗中發現對方仰睡，她就會害怕到大聲驚叫，彷彿那位古代的貴族夫人就躺在自己身邊，也因此斷了許多不錯的姻緣。後來尤瑪嫁給了一個男人，丈夫保證永遠在床上側睡，多年來夫妻也維持很好的睡眠品質，然而丈夫卻在某個晚上破例仰睡了，可能是酒精，或只是那晚過度疲憊，在未調整好姿勢前不小心睡著了。半夜醒來的尤瑪，站在床尾，黑暗中看著自己仰躺的先生，他嘴巴微微張開，空洞的表情一如那位尊貴的夫人。

幾天後，側睡室新增了一座左側睡的臥佛塑像，與一般常規的右側睡臥佛不同。職員每次見主管尤瑪經過那間休息室，都會雙手合十祝禱後離開，那瞬間臉上彷彿有過一抹悲傷。

87 溫故知新

今年最後一天，三年四班來了一名陌生的同學。

早自習她走進教室，同學紛紛注意起她。她熟悉地走到後排的空位子坐下，開始溫習。印象中她是班上的同學，可是大家始終想不起來她是誰。由於下個月即將舉行「大學學科能力測驗」，等等就有晨考。同學們暫時放下疑惑，各自複習功課。很快的第一堂課開始，只見導師很自然的點了陌生的同學回答問題，之後其他堂課也是如此，沒有一位老師對教室內這名陌生的同學表現出任何驚訝的反應。即便同學們已經知道她的名字，可是大家實在想不起來她到底是誰。有人拿出手機，點開班上活動的照片，確實都見到這名同學的身影。她和許多同學都合照過，雖然從未有人 tag 她。但既然在同個班級，或許只是一位行事低調的同學吧，大部分的同學都做如此想，很快也適應了她的存在，共同為下個月的升學考試努力。然而放學後，一名班上的男生恰巧在路上遇見這位陌生的女同學。一整天下來，他終於壓抑不住那股好奇心偷看她。以前怎麼沒注意過她？現在他強烈想知道她是誰、住在哪裡？他蹺掉了補習班，一路跟蹤她，搭公車，轉捷運，在臺北市繞了一大圈之後又回到了學校。原以為對方是忘了拿作業才折返，但只見她走進黑暗的教室，回到她白天的位子上坐著，然後在黑暗的教室中。她靜靜的坐在那裡，直到深夜都沒有離開。

88 疑神疑鬼

熱愛戶外活動的李凱軍老師平日一直有固定慢跑的習慣，最近在跑友曾先生的邀約下，改為週末登山。起初幾名登山同好自行商量好大致的路線後，就在假日共同出發。後來常走的路線都走膩了，就改為團報參加登山旅行社，交由專人規劃，減輕負責帶路人的壓力，整體而言登山更輕鬆，收穫也更豐富了。幾次下來認識的朋友逐漸增多，各行業都有，李老師也開始對其中一名總是獨自報名登山行程的藍小姐產生好感。他多方打聽，得知一點藍小姐的私事，包括年齡、喜好、工作、住處等資訊，很快的開始擬定追求計畫。每個週末早晨，李老師會提前到集合處，在出發前特別詢問藍小姐食物衣物是否攜帶充足。登山途中則緊緊走在藍小姐跟後，積極尋求聊天機會，在山友們休息用餐的時段，更是抓緊時機攀談。儘管藍小姐總是迴避他的友善，對於他的邀請一概委婉拒絕，全都無法阻攔李老師內心的澎湃。這些拒絕讓李老師更加為她著迷，多麼神秘又脫俗的女子啊，簡直是他一生企盼的女神。李老師一方面沒有自信，一方面積極行動。不過他越仔細觀察的同時，也慢慢感覺到她似乎有種說不上來的問題，他很難具體形容那種不踏實的感覺。例如藍小姐上山只攜帶很少物品，衣服裝備也十分單薄。她走路從不說話，看上去總是一副認真調養氣息，以免跟不上男性居多的登山隊伍的柔弱模樣。此外吃飯往往只吃幾口，頂多喝完一杯熱奶茶，只說是擔心腸胃道不適。更重要的是，每次下山的時候，包車的司機會載大家返回最初集合的地點解散，他不止一次向藍小姐表示順路，想送她回家，但是都被她堅定的拒絕。有幾次天候不佳，返程耽誤不少時間，回到集合地點的時候，捷運末班車都過了。李老師實在不放心她深夜一個女子回去——走路搭計程車都教人「不放心」呀，於是他便開著車，私自遠遠的護送著藍小姐。奇怪的是，她每次回去的路線都不一樣，但無論遠近都是步行，從不搭計程車跟公車，每次李老師心疼她，準備加速上前載她，人就不見了。後來他索性跟她到底，發現她每次都回去他們早上爬過的那座山裡，有幾次他在漆黑的山林跟得膽顫心驚，猶豫要不要再跟著她，漆黑之外，氣氛更是令人頭皮發麻，李老師悄悄止步，在不驚動對方的情況下偷偷掉頭離去。困擾多日，他決定告訴山友們真相。他表明巨蟹座的他喜歡上射手座的藍小姐一段時間了，他知道這個星座的女生熱愛自由與戶外運動，但她大膽的行徑已經到了詭譎的地步，他長期觀察藍小姐，發現對方很可能不是人，以後大家若要登山，最好別再與她同行。山友們聽完他提出的幾個疑點後，紛紛嘲笑李老師由粉轉黑，追不到對方，就這般疑神疑鬼。

89 移花接木

二〇〇五年四月，臺北醫學中心的器官移植外科主任鄭錦祥醫師昏倒在醫院廁所，經同事搶救後發現，他的兩顆腎臟幾乎失去功能，暫時只能以血液透析機維持生命。鄭醫師有三名親屬——包括長年由他供養的父親和妹妹——都符合腎臟捐贈者的比對要求，遺憾的是沒有一位親屬願意捐贈腎臟給他。四十二歲的鄭醫師躺在病床上，尋思自己為何會有今天的下場。他想只要母親還在，或者他結婚並有幾名子女，也許就不至於淪落至此。

後來鄭醫師飛往山口洋，迎娶了當地一名年輕女性貝薩莉娜，夫妻倆隨即返回臺北進行腎臟移植手術。術後半年鄭醫師彷彿重生一般，再次回到醫療崗位上；可是貝薩莉娜自從捐出腎臟之後，身體每況愈下，由於術後遭到感染，其他器官陸續都出現問題。

看著病榻上的妻子，想起自己過去辛勤工作，只是換來家人的冷眼旁觀，即便今天這份婚姻以及腎臟是買來的，兩人並無感情基礎，但他仍對妻子充滿感謝，理應患難與共。他有義務救他太太。

不久貝薩莉娜被診斷出感染性心內膜炎，心肌已泰半壞死。鄭醫師透過特殊的人脈與醫院的資源，為妻子爭取到一顆珍貴的心臟，親自替妻子換心。正當他為貝薩莉娜獻上一束花，為自己能救回妻子，感到自豪的同時，看著她的笑容，鄭醫師有了一個想法，如果一個人身上的器官全部移植自他人，那會是一個怎樣的身體？這樣的貝薩莉娜會不會更健康？

八年之內，貝薩莉娜陸續被丈夫更換了肝臟、胰臟、肺臟、子宮、肩胛骨、眼角膜。當她拿下眼前的紗布，重新見到丈夫的那一刻，感動得流下眼淚。她深信這些年來如果不是丈夫，體弱多病的她早就沒了性命。鄭醫師則感覺到妻子的外貌和個性，隨著每次手術，逐漸變化。他已深深愛上她。

一年後貝薩莉娜僅存的單顆腎臟也喪失作用。

他親自為妻子挑選了一顆最好的腎臟，作為結婚十週年的禮物。沒想到器官運送的過程中發生一些狀況，捐贈者的腎臟不慎汙損。情急之下，鄭醫師仍將這顆不乾淨的腎臟縫進妻子體內。術後他始終擔心妻子會因感染而死亡。如今在他眼中，妻子體內的器官都是從垂危的人身上摘下來的，是藉由許多人的生命，所組合而成的最特殊的生命。他完全無法承受失去她的痛苦。

往後貝薩莉娜逐漸康復，更能到戶外走動。儘管儀器檢查顯示，她體內那顆移植的腎臟早已腐爛。他回想當初迎娶妻子那醜陋的樣貌，也想起自己左腰那顆來自貝薩莉娜的腎臟。面對餐桌前日益美麗健康的妻子，鄭醫師無法理解這樣的事。

90 夢寐以求

臺北有位作家不會寫作，但他總是很有耐心地把每天的夢記錄下來。最初擔任編輯的女友看了他的日記後，建議他投稿。於是他靠著將這些夢整理成冊，成為一位作家。

隨著知名度越來越高，夢境越來越不敷使用，他開始求夢，用各種方法求夢，挖空心思讓自己做夢，不止夢，還要夢最好的夢、最有趣的夢、最引人入勝的夢，終於他完成一部又一部偉大的小說。他不斷追求所謂文學的高度，為了寫出更前衛更具前瞻性的文學作品，不斷造偉大的夢。眾人譽他為五十歲以下最值得期待的小說家，幾年級最不能忽視的小說家，都認為他是曠世奇才，不可思議的文字魔術師，小說的教皇。這些稱讚更加強他以夢寫作的決心。他越來越依賴他的夢，但他的困境是，有時夢到一半就醒來了，因此前段按照夢境所寫的故事，逗趣離奇氣勢磅礡天賦異秉，後段則草草收尾，面對讀者的批評，他能做的就是改善他的夢；相較之下他更害怕醒來就斷片，什麼也不記得，他確實做了整晚的夢，卻像做了白工。

他深知夢境就是他寫作的導師。在夢裡他像第三人稱那位無所不能的敘事者，像個透明人，像個導演，穿梭於各種情節，進到人物的內心，一會兒又翱翔天空，滲透入森林的樹幹，靜聽山鳥鳴。有時他是演員，有時是造物主。他享受看立體電影的那種快感。

終於在某個夜晚，睡前他就感覺今晚的夢肯定不一樣，他剛晉升總編輯的妻子已經入睡，等待丈夫明早的親吻與來自另一世界的描述。果然到了夢中，這將是他此生寫過最棒最無憾的作品。就在他覺得故事結束了，小說到此為止的時候，夢卻沒有停，他的夢還在持續增長，他希望快點醒來，趕快到電腦前記下這個夢，然而不論用什麼辦法，他都無法抽離這裡。他突然發覺，這是一個永遠無法離開的夢境。

另一名住在永和的作家，每回需要靈感，固定翻某本書，抄寫書上的段落，從他第一次獲得文學獎開始就養成這個習慣。後來這本書不見了，他翻遍家中所有書櫃都找不到這本書，這名作家無法接受失去靈感之書，在家上吊自殺。死前他看到這本靈感之書就在他腳下用來墊高的十本書當中。

遺族將靈感之書連同其他藏書賣到二手書店，很快被東區某位作家買走。該名作家自從擁有靈感之書，寫作成績突飛猛進，放眼國際版權，然而卻在拿著靈感之書過馬路時，被一輛疾駛而來載滿寵物的貨車輾斃。

靈感之書悄悄被人拾起，帶進了深夜的咖啡館。這名偶然的讀者，默默閱讀手中這本由那位依靠夢境得到靈感的小說家死後出版的遺作，讀著讀著深受啟發，靈感湧現的那刻，他覺得自己也能寫，深信未來自己將是一位傳奇作家。

91 稱心如意

林湘想在結婚那天穿上那件白紗。婚前她開始減重，起初體重沒有太大變化。她加倍努力，後來果然越來越輕，甚至出現了不可思議的數字。但她的外表看起來還是一樣，應該是秤子壞了，也沒放在心上。不久她換了一個新秤子，體重稍有增加可是很快又規律地下降了，到最後，她的體重已經降為零。她想秤子肯定又壞了，就不再測量體重。穿上白紗那天，走進會場的她感覺這不像是一場婚禮，一切都太過於莊嚴肅穆，全場布置精緻的白色桔梗，反而像是一場，她的喪禮。

92 多此一舉

劉小姐在計程車上掉了一件東西。本來覺得無關緊要，想了想又很想拿回來。她撥了車行的客服專線，表明來意後，被要求等候。話筒傳來那頭的背景聲音，有時播報新聞，有時是輕音樂，或是一群人唱著KTV划拳嬉笑，但是最後總是被莫名其妙地掛斷，幾次下來她也很無奈。今晚她再次撥打客服專線，叫車一秒接通的電話，卻在客人急著找尋失物的時候，難以聯繫。耐心的反覆撥打，克服重重困難，直到電話接通，等候對方處理時，她聽見車子高速行駛的呼嘯聲，突然一陣猛烈撞擊之後擠壓碎裂，緊接著一片靜默。電話那頭到底發生了什麼事？這時她耳邊傳來司機的聲音：劉小姐、劉小姐！救護車趕來救妳了！

93 精神抖擻

從某個角度來說，鸚鵡是愛你的；但如果從某個角度之外的角度來看，其實鸚鵡是憎恨你的。

我在寵物店外看著一隻白色鸚鵡，沒有鳥籠圈住，但牠的自由受限於一條鐵鍊。牠始終倒吊著，想啃斷那條讓牠不能自在飛翔的鍊子。我注意到牠堅硬的鳥喙上，已經留下為自由而掙扎的缺痕，眼睛也布滿血絲。

於是我趁老闆不在，很快地用我的手去幫牠解開鍊子。因為有點複雜，我弄了很久還是不行，牠卻將我的指頭也誤為鐵鍊的一部分，痛恨地咬著。有幾次我好想收手，畢竟牠一點善意也沒有，但我想這就是牠比人好的地方吧，盲目地為了自由而絕不妥協，換作是牢房裡的犯人，巴不得拿鑰匙的人趕快打開牢房，有哪個犯人會咬著要放他出去的手指？

可是我一直打不開，漸漸的我比鸚鵡還慌。原本消失的老闆，開始注意到我了，不過他可能以為我在跟鸚鵡玩，所以像沒看到一樣走掉了。再當我回神要替鸚鵡解圍時，發現牠竟然在吃著我指頭的肉，像禿鷹一樣一片片一片片撕起來，有幾片還連著血管。我想他的唾液一定有某種麻醉的成分，我幾乎沒有疼痛感。

我馬上把手撤走，退後一步用力瞪著牠，牠也不甘示弱地從原本的倒吊翻轉過來站直看著我。牠的舌頭舔著嘴喙邊上的血，一副志得意滿的樣子，而再也沒去咬那條鐵鍊。我感覺到自己被背叛了，難道老闆早就知道抱持良心的我會是這個下場，所以才不當一回事？我掉頭就走，腦海中忿忿地記住牠對我輕抬下巴驕傲的樣子，但更奇怪的是，我的臉似乎是笑著的。我敷著自己的傷口，暗自中有一種快感竄起，這就是那隻鸚鵡之所以瘋狂咬著鐵鍊所要換來的快感嗎？

原來人遭逢到不幸，或聽聞不幸，常隱約有一種快樂在心底浮濫，悲傷才隨之而來，不得不為人的這種行為感到陌生與憤怒，而這現象竟也包含了我！

94 如願以償

十月傍晚，會計陳小姐由公司返家，途中在捷運站出口處遇見一名問卷調查公司的職員。等候公車的過程，緊跟在陳小姐身邊的年輕職員一再請求她協助填寫一份簡單的問卷調查。壅塞的尖峰時段482路公車遲遲未至，職員終究說服了她。

開始作答後，陳小姐才發現這是一份以家暴為主題的選單。以往她對於這類不計名問卷，態度一向隨意。原先她也抱持著任意勾選的想法，可是就在她飛快動筆時，卻又不經意看瞥見某題的幾個關鍵字，令她有些猶豫。

遠處的號誌燈由綠轉黃，陳小姐面對「是否曾遭家暴」這行字，無意識脫口詢問調查員說：

「很久很久以前，也算嗎？」

「當然。」對方回答。就這樣，陳小姐將曾被家暴的小方格塗滿。

只是塗滿格子的當下，陳小姐就後悔了。她想起自己的先生雖在婚前，曾有幾次情緒失控，反覆對她拳打腳踢。然而早在五年前向她求婚時，彼此就下定決心忘掉過去的不愉快，先生甚至立誓並信守承諾至今。回憶到這裡，陳小姐重新將心思放回問卷，稍後又作答了一些題目，譬如是否痛恨施暴者？是否曾有報復的念頭？是否思考要採取怎樣的措施懲罰施暴者？之類的問題。

隨文字引導，陳小姐跳至問卷反面作答。如此一來，原本看似半頁A4大小的選單，突然出乎陳小姐意料地加長一倍題目，令人逐漸失去耐心。

滿滿的題目更讓剛下班的她更加疲憊。

恍惚之間，她已選答完畢了。此時，等待已久的公車也恰好從遠處駛進車站。可能是因為填寫問卷，陳小姐最近不得不回憶起過去的那些舊事。入睡前她躺在先生側邊依稀記得兩三個問題，但想不起自己的答案。又過幾天上班一忙就幾乎要忘記這件小事了。

不久，奇怪的事卻接二連三的發生了。

近來陳小姐的先生性格似乎有了明顯的轉變。起初兩人發生一些口角，緊接著先生開始對她謾罵嘲笑，言語暴力之後，甚至重新動手對陳小姐施暴。

陳小姐不明白五年來體貼溫柔的先生，怎麼又突然有了這些變化。她開口詢問先生工作近況，卻再度遭來一場打罵。陳小姐看著自己傷痕累累的手臂，想起那天問卷作答的問題，又有些愧疚。她突然有那麼一點懷疑，是否是自己惦記著先生曾家暴的念頭，使這樣的心念無形中影響了先生。為此她有些自責。可是她又想：

「不過是填個問卷而已。」

往後她失眠的次數增多，每晚翻來覆去的都是那日的問卷。更讓她心煩的還有家暴次數的增多，先生下手越來越不顧情面，陳小姐不堪折磨，也生出報復的念頭。這讓她再次警覺到當日的問卷，她很努力想記起那天還有哪些問題，以及她如何勾選這些問題，但是除了手握鉛筆的感覺外，她對自己的答案一點印象也沒有。憎恨帶給她決心。於是她想找出那位職員，把問卷改過來，卻再也沒在等車的時候遇上那個人。

一個月後，某日她於返家的公車上看見那名問卷調查員在路邊走過，她毫不猶豫的下車，追趕上去。遺憾的是，問卷調查員告訴她，公司上次的調查已經結束，按例所有問卷都會銷毀，要找回當初的那張選單，根本已經是完全不可能的事。

陳小姐不相信問卷調查員無能為力，一直努力的說服對方回到公司幫她再找找。後來，調查員不得不回到公司，過了很久，調查員拿了一張全新的問卷，交給陳小姐並表示這已經是自己能力所及，最大的幫忙了，希望空白問卷上的題目，能有助於陳小姐回想自己當初的答案。

陳小姐接下問卷後，心中莫名地踏實起來。她將問卷收好，再從容地回到返家的路線。她沿著馬路走回捷運站，並走入捷運站旁的星巴克填寫包包裡的問卷。寧靜的咖啡店裡，陳小姐有別於上回，她專注而用心的勾選每題答案。

作答最後一題時，她感覺到一陣寒意。她的眼角餘光，不經意對上一雙光亮的皮鞋——先生的皮鞋出現在她的身後，不知已經站著多久了。

這晚他先生殺死了她。

95 聲東擊西

某位富豪被綁架，蒙上眼睛，綁住手腳，貼住嘴巴，關在一個房間內。緊接著，他聽到各種難以理解的內容跟聲音。最後隱約聽到他們在討論殺死某個人的方法，但這個人並不是他。

難道還有其他人也被綁在這嗎？

他努力想聽到更多蛛絲馬跡，卻什麼聲音都聽不到。他能肯定這個房間內只有他一個人被綑綁，但為什麼他們卻在談論如何處理房間內的「另一個人」？往後，他聽到各種要殺死「另一個人」的方法，他在心中默默同意了其中一項，畢竟那方法感覺人道一些，他像是在心中共同參與討論怎麼處理那個人最省事。

討論的聲音結束。

房間內的另一個人果然被以那個方式處理掉了。同在房間的他雖然看不到，也只是聽到一點聲音。但這名富豪知道就是他所認同的那個方式。奇怪的是，未來十天，陸續有十位在死前都未曾出聲的囚友遇害，他們都在他心裡浮現認同的時刻被處決，而且是以他最認可的那種殺人方式。

那麼，接下來他會被怎麼處置呢？

他懷疑房內還有另一名跟他一樣被囚禁的人。

96 座無虛席

我進入一臺車子，坐在後座。駕駛是位非常年輕卻擁有極高知名度的女音樂家，坐在副座的是她的母親，一同去接幼稚園放學的孩子。

車上播放輕柔的李斯特，她們向彼此訴說昨晚的夢。我對那夢沒興趣，倒是李斯特，讓我直盯著駕駛的手：「這纖長的手指像是在哪看過？」我在心中比對了很多鋼琴家的手指，其長短、靈活度、甚至是膚色，都在考量內。

突然，車子優雅地撞倒一位陌生女子，她躺在地上不動，臉朝下滲出大量的血。駕車的女兒很慌，問母親該怎麼辦？母親鎮定地說：「妳的身分不同，不能被這種負面新聞纏上。」於是她一腳跨過手煞車，要求女兒離開駕駛座，兩人血融於血般移動，將位子換了過來，就這樣沉默地坐在彼此的位子上，直到警察趕至現場。

原本母親承認是肇事者，但不久兩人都說自己是肇事者。警察終於不耐煩：「別爭了，車子裡明明還坐著一個人，我問他到底誰是肇事者。」於是警察走過來敲我的玻璃。

我搖下了車窗。

以前我總覺得別人的位子一定比我的舒服，現在警察還有母女倆都羨慕地盯著我的位子看，不得不讓我懷疑，我現在坐的真的是我的位子嗎？

我在我的位子，陷入了更深沉的憂鬱。

97 意猶未盡

一名年輕人在中正紀念堂的廣場，常看到一個中年男子在餵鳥。這些鳥不是鴿子，比起鴿子更大更強壯，有著紅色的眼睛，漸層的長喙，而且只有當這位中年男子出現時，這些鳥才會出現。年輕人壓扁手中包裝的手工餅乾成碎屑，想學中年男子餵食近身的鳥兒，不過中年人勸他不要這麼做。

沒想到年輕人趁餵鳥人不注意時偷偷餵食，慢慢即便餵鳥人沒出現，這些鳥也會出現。有一天年輕人來廣場沒帶飼料，這些鳥就將這名年輕人分食了。

98 怖鴿獲安

大樓的某一戶外頭都是鴿子。

去年冬天搬來幾個新住戶，其中一名年輕人承租了十一樓的九號，是挑高三米二的非常舒適的套房，價格合理，格局方正。他在那住了一段時間，對環境越來越熟悉。以往他只留意這棟建築的正面，直到某次繞到大樓後方的舊社區買麵包，首次看向自家大樓的背面，發現其中一戶的後陽臺布滿密密麻麻的鴿子，然而大樓太大了，全區A至G棟都是二十四樓，單層有二十戶並列，遠遠看去，就連要算出哪一層樓都算不準，更何況要知道是該層的哪一戶。他憑著感覺猜想，塞滿鴿子的那戶應該離自己的住處不遠。相對不遠處有塊圓形招牌，看樣子是一間律師事務所。再過去是安養院，有很多老人在陽臺曬太陽、餵鴿子。往後他每次到後方買日用品都會特別注意那戶陽臺布滿鴿子的人家，似乎真的離家很近，他迫切想知道，那個給他的感覺很不舒服。大樓處在一個商業區，裡面很舒適，正面也很正常，必須繞道由背面看，才看得出這棟建築應有的年紀。作為一個遠觀者，他抬頭看每一戶都很奇怪，這一格奇怪，那一格也很奇怪。他研究了幾次，老覺得那位子好像是自己家，或者離他家很近。他從一個遠望者變成一個自家陽臺的探頭者，每天都可以再多探出去一點點。他沒事就到陽臺探看，懷疑自己也許見到的鴿子根本不是鴿子。他覺得鴿子像機器，其他的鳥並不會給他這種感覺。這次他觀察人行道上拾米的鴿子，發現幾隻鴿子的脖子有噁心的斑點，所以他上網查那是什麼品種，發現只是蠻普通蠻常見的鴿子，所以才另有個名字叫斑鳩。為了找出那一戶，他再次回到自家的後陽臺，探出頭卻沒發現任何一戶外頭有任何鴿子。此外，他也覺得該戶陽臺應該有不少鳥屎跟羽毛吧，這讓他安心，因為他沒有在自家陽臺發現這些東西。每天他從外頭看，那一戶的鴿子實在聚集得誇張，像顆垂掛的巨大鳥巢，於是他趕快回家，門也沒關，趕到後陽臺，不斷把頭往外探。他想今天一定看得到是哪一戶聚集了這麼多鴿子。他將頭最大程度的往外伸展，上下左右察看，卻看不出有哪一戶外頭有任何異樣。爾後每天不斷練習探頭尋找，天天轉頭查看，終於某天發現自己的頸部居然可以這麼輕鬆自如的三百六十度旋轉，就像陽臺那些鴿子一樣。太好了，果然他們在自己家，找到答案的同時，年輕人也成為一隻頸部有著噁心斑點的鴿子。突然他覺得有一陣風從他後方席捲而來，一大群鴿子從前門衝向陽臺，順勢將他捲入空中。

99 顛倒夢想

外商公司女職員午休時間聚在一起聊天，大家隨意開了一個話題。

甲自稱是個很特別的人，每晚的夢十分豐富，夢中五感敏銳，充滿色聲香味等知覺。

乙聽了表示十分欽佩，坦言自己的夢總是沒有任何聲音。**丙**聽了也附和說，自己的夢境永遠是一片黑白，什麼色彩也沒有。沒想到**丁**聽完，卻說：

「可是，我們現在都在夢裡啊。」

「怎麼可能！」**甲**、**乙**、**丙**異口同聲反駁。

這時，一直待著默默不語的**戊**也搖搖頭，表示現在不可能是在夢中，**戊**還說：「因為我的夢裡都沒有人。」總之**丁**以外的四個人，都認為這絕對不可能是個夢。可是**丁**卻非常堅持這不過是一場夢罷了，於是大家開始起鬨，要求**丁**拿出證據來。

下一秒，**丁**舉起茶几上的水果刀刺向**甲**。**甲**被一刀斃命，**乙**與**丙**見狀，退後嚇倒在地板上相擁而泣，顫抖地問**丁**為什麼這麼做？**丁**淡淡的回答說：「你們不是要我證明嗎？」

乙與**丙**聽完，趕緊大力點頭並對**丁**說：「我們相信這是夢了、這是夢！」下一秒**丁**轉身又當眾刺死**乙**，**丙**躲至**戊**的身後非常激動，她們發抖問**丁**：

「為什麼要再刺人？」

「因為這是夢啊。」**丁**回答。

丙抓住**戊**的手臂，兩人相互掩護，拼命逃出現場。

兩人趕緊報警並回到事發地點，發現**丁**已不知去向。**丙**和**戊**不敢大意，亦步亦趨地跟著警方，一整天哪都不敢去，直到晚上才各自回家休息。

丙回到家門口的時候，才意識自己憋了一天沒上廁所，心急掏著袋子找鑰匙，但怎麼也找不到，好不容易找到鑰匙開了門，但門裡頭卻還有門，一道又一道的開不盡。**丙**終於相信這是夢，安慰自己，在夢裡尿急，則在現實裡就快要醒了吧。但忍了好久，想了好多方法都離不開夢境，難道非要「死」才能醒嗎？終於**丙**堅持不住，蹲在門口，尿在地上，同時想：「為什麼這個夢不是黑白的？」

相較之下，**戊**回到家，一如往常的順利進門，只是屋裡的燈始終打不開。反正就要睡了，**戊**想，快點結束這一天吧，今天真是夠累了。**戊**拿著手機照亮屋子，勉強換了睡袍摸到臥房躺下，攤在床上，睡著之後很快進入夢鄉。沒多久她就夢見**甲**來找她，但她記不得她跟自己說了什麼話。**甲**離開之後，**乙**也接著來找她說話，兩人聊了好久好久。因為一直有人，所以**戊**也覺得「這不可能是夢」，因為她的夢不該有人，於是**戊**開始懷疑自己是否睡著了？還是自己沒睡著，而是見鬼了？又或者，**甲乙**兩人死後來託夢？這時旁邊的門開了，**戊**抬頭看向四周，發現自己不是睡在家中黑暗的房間，而是睡在在公司。

另一頭，受困家門口的**丙**設法離開夢境，她想求助於人，但是眾人掩著口鼻不願讓她接近。一身尿臭味的**丙**受不了異樣眼光，想自殺卻又沒有勇氣，但不管如何，她再次肯定這是一場夢。落魄的**丙**回到公司，本想找**丁**幫忙，見**戊**也在，問**丁**呢？**戊**說不知道。

眼看夢醒無望，**丙**舉起桌上的水果刀自殺。

這時**甲**、**乙**、**丁**有說有笑走進來，看見**丙**慘死，大驚失色的問**戊**剛剛發生了什麼事？

100萬中選一

二〇一五下半年我們一家前往澳洲旅遊，沒想到是一場出乎意料的旅程。會進行這趟旅程完全是因為Aunt一通電話：「你們家很久沒來囉。」話雖如此，也才三年沒見。「正因為三年沒見了，很想念你們啊。」Aunt視訊說。因為事情決定得突然，加上十二月我們家每個人各有事情，而那時候已經十一月中旬了，決定三天後出發。但新的問題來了，買不到去雪梨的機票。原本計畫先改往墨爾本或布里斯本，但Aunt聽了我們的討論後說：「不如你們先到伯斯吧。」可是Aunt明明住在東岸，為什麼建議我們先搭機到西岸的伯斯？原來遠嫁到雪梨的Aunt認為我們既然買不到雪梨的機票，不如先飛到西岸像度假般搭臥鋪火車沿著南方的Indian Pacific鐵路前往雪梨，「只需要四天三夜的車程。」也因為這樣，舍妹很快打退堂鼓，舍弟也提早回上海的公司上班，爸媽和我則禁不住 Aunt 的遊說，就這樣展開了 4300 公里橫貫澳洲大陸接通印度洋與太平洋的史詩級旅程。但在此我想分享的，並非這趟旅程，而是啟程前的一段插曲。

飛機星期四抵達伯斯，預計在西澳待三個晚上，等到週日再搭乘火車出發前往東澳。當晚我們下榻在伯斯的威斯汀酒店（The Westin Perth）。抵達飯店，當爸媽在櫃臺 check in，我坐在旅館的大廳顧著行李，一邊滑手機，盤算著找時間到附近的西澳大學走走。從最初我就留意到大廳內一位黑西裝白襯衫，留著齊肩的黑色長髮、粗獷落腮鬍的白人大叔，他在氣質上卻給我東方人的感覺，因此當他先開口和我打招呼時，我很自然的以中文回答他。

「Killing Strangers.」他這一聲是用壓低的氣音發出，見我不懂，他又哼唱了一次，「We're killing strangers. We're killing strangers, so we don't kill the ones that we Love.」他的皮鞋尖也開始打拍子，近乎一秒一拍，相當準確。「瑪麗蓮・曼森？」記得我是以中文說出這個搖滾樂團的名字，中文原本就是音譯，他馬上聽懂：「You got it.」我像是通過了他的考驗，他手勢一比，示意我那兩人（指我爸媽）已辦好入住手續。我也起身推三人份的行李離開大廳。

隔天一早我們家因為報名當地的旅行團，在飯店大廳集合。沒想到昨晚那位白人大叔竟是我們的旅團成員之一，我向他點頭示意，他手提一瓶尚未開過的龍舌蘭，戴著墨鏡露出微笑。接著一行七人搭專用小巴，沿著海岸的印度洋公路往北。我們先抵達藍斯林（Lancelin）知名的白色沙丘玩滑沙競賽。來自美國灣區的年輕夫婦一組，爸媽一組，我和白人大叔個別落單，所以也湊成一組。眾人集合一塊，按照導遊的指示先為沙板打蠟，這能使待會滑沙更加流暢穩定。我和大叔繼續昨晚的話題，那首歌是電影《John Wick》的主題曲，他說他的名字就叫 John Warwick，不是 John Wick 也不是 Johnnie Walker，他稱讚基努·李維這部新作品，方便他自我介紹，就像現在。我說我姓林，就是 Lancelin 的 Lin，從事寫作方面的工作。

「Hey man. 我們沒有聊到彼此的職業不是嗎？」他似乎不想開這個話題。上好蠟，一行人拿著沙板走到沙丘頂端，我做為旅團中最年輕的成員，第一個往下衝，幸好高中滑板社的基礎還在，穩健地踏在沙板上衝向了碧綠的印度洋。不過沙板對戰村大叔（Warwick）來說過小了些，初次登板重摔一跤之後，大叔不顧眾人眼光，改租四輪摩托車在山丘上豪邁飆沙。

傍晚抵達另一個景點「尖峰石陣」，成千上萬個石柱散落在沙漠中，如同科幻電影才見得到的異星奇景。現場已經有許多旅客穿梭其中，爸媽還有那對美國夫婦，兩對情侶牽手的畫面，像夕陽下的美麗剪影。戰村大叔手上的酒也已經換成了白蘭地。我問他什麼時候喝光那瓶龍舌蘭？他說沙丘騎摩托車的時候。突然不遠處野生的鴯鶓家族，讓他變得嚴肅，主動對我說起曾發生在西澳大利亞的一場「鴯鶓戰爭」（Great Emu War），他的爺爺即是當年參戰的軍人之一：

> 兩萬多隻鴯鶓從內陸遷徙到沿海的耕地，緊接著鴯鶓大軍襲擊農作物，當地農民向澳洲政府請求支援，那些剛從第一次世界大戰回來的退伍軍人得知消息後，主動向國防部長提案，對付這些行動迅速、數量龐大的動物，最適合的武器就是路易士機槍。

關於「鴯鶓戰爭」的經過，戰村大叔邊走邊斷斷續續地告訴我，但當中有太多澳洲人才知道的掌故，整場戰役聽下來，印象最深刻的大概是：**使用一萬發子彈，擊斃約一千頭鴯鶓，交換比約十分之一**。後來爸走過來問我，「那個人」都跟我聊什麼，我說聊澳洲的野生動物。

我們一直待到滿天無光害的星空出現才離開，落腳在附近一家同樣名為「尖峰石陣」

的度假酒店（回國後我想到 Pinnacles Edge Resort 應該更巧妙地譯為「尖峰石鎮」才對），這時已經是晚上 20：45 分，飯後我回房間休息，21：35 戰村大叔來敲門，拿了兩罐啤酒，約我到飯店的游泳池畔小酌，說完就先離開了。爸媽不希望我出門，雖然一同旅行，說穿了只是名陌生人，沒有必要一直互動。雖然大概知道他想聊什麼，不過真的很想知道他到底要聊什麼？好奇心驅使下，我告訴家人只會去游泳池，聊完就回來，不會去其他地方，而且游泳池並不遠。爸媽才勉強同意。

我到場的時候，他靠坐在池畔的躺椅上。飯店游泳池並不大，相較之下戰村大叔的身形顯得更為魁梧。他見到我，坐起身遞給我一罐新的啤酒：

那場戰爭結束後，鴯鶓仍在攻擊麥田。

說的仍是鴯鶓戰爭。原先我不明白他為什麼如此堅持談這場與「鱈魚戰爭」、「扇貝戰爭」差不多層級的無聊戰役——沒有人因為這幾場戰爭而死亡。然而月光照在游泳池的水面上，他的口條越來越清晰，邏輯越來越清楚，我躺在另一張躺椅上，啤酒逐漸下肚，才曉得他的祖父查爾斯・戰村是那場西澳世紀大戰的機槍手，擊斃最多鴯鶓。戰爭結束之後，查爾斯・戰村回到位於東岸的故鄉獵人谷，十年後被發現死於自家的葡萄園，身上（屍體）留下眾多的鴯鶓腳印，無法斷定是受鴯鶓攻擊致死，還是猝死後碰巧遇上進葡萄園偷食的鴯鶓群。戰村大叔說，祖父過世之後，他的父親彼得・戰村也開始受到「那種鳥」的騷擾，由於他的父親是位行走國際的廚師，最後被發現死在紐約的一間飯店，而且死因也與鴯鶓有關。

「等等，紐約？飯店？」我問，「紐約並非鴯鶓的棲息地。」

「那不妨礙鴯鶓軍隊執行牠們的任務。」

「可以告訴我，『那種鳥』（我學他口氣）是怎麼做到的嗎？」

他並未直接告訴我，反而開始介紹他父親是一位怎樣的名廚，上過美國最知名的美食節目，最擅長的料理是獵人谷紅酒燉袋鼠尾巴，還有他父親如何以這道菜闖蕩世界各地的五星飯店，親自為哪些名人上菜過，包括希薇亞・普拉斯、安妮・塞克斯頓（可以感覺到他是特別為我而提這件事，很快我也發現這些詩人都以自殺結束生命），以及小時候父親騙他走進一間醃製袋鼠肉的冷凍倉庫，裡頭倒吊著二三十隻被剝皮的小紅袋鼠，而她的母親比較聰明，從未踏進過那個「倒吊房」。關於他父親的廚師生涯就說到這裡，此時月球的倒影也已經緩慢游到泳池的正中央。

「是鴯鶓油做的肥皂，肥皂中藏刀片。洗澡時一個不慎，割斷了頸動脈。」戰村伸出手，遠遠的朝我脖子處隔空劃過……我知道他只是耍帥，或者說表演一下。但他說的怎麼可能呢？趁著些酒意，我也不甘示弱地問他幾個問題。

「你知道的，我很樂意聽你分享這些故事，恕我冒昧問您。」我不知道為什麼鴯鶓要對戰村一世、二世，產生如此強的復仇情緒，「但或許，與你的爺爺在那場戰爭中做過的事情有關？到底發生了什麼事？」而且更讓我擔心的是，鴯鶓接下來的詛咒，「不就落在……你身上嗎？」

他說接下來的故事，大約是一瓶酒的時間：

查爾斯・戰村是位經驗豐富的機槍手，為了將鴯鶓集中，他組織衝鋒小隊在水源地附近埋伏，等聚集將近千隻鴯鶓後，開始瘋狂掃射。當他與隊友下車，檢查掃射後倒地不起的鴯鶓，一名年輕的衝鋒隊員突然被詐死的鴯鶓劃破肚皮，腸臟掉出，雖然怵目驚心，但幸好未傷及主動脈，流血不多。該名受傷的隊員後來也因搶救得宜並未死亡。然而這件事成了一個導火線，激發所有衝鋒隊員殺紅了眼。以查爾斯・戰村為首，他將現場受傷的鴯鶓淋上汽油，劃一根火柴點一根菸，然後看熊熊燃燒的鴯鶓垂死掙扎向澳洲大陸的荒野竄逃，最終在遠處倒地熄滅。其他隊員各自有自己獨到虐殺方式，用迴力鏢（Boomerang）砍頭，整晚點燃構火，對這批俘虜盡情享受屠殺的快感，更不乏嘗試姦淫鴯鶓的士兵。因為這是違反戰爭法與國際人道法的行為，他們並沒有向國防部呈報該處殺死的鴯鶓數量，也因此鴯鶓的總體傷亡最終停留在一般認為1000隻左右。

他提醒我手上的酒喝完了，自己索性就把空的玻璃瓶丟到泳池裡，又從躺椅下的袋子拿了兩瓶，同樣先遞給我。「澳大利亞的國徽上，左邊是袋鼠，右邊是鴯鶓。架機關槍掃射鴯鶓，這難道不是對國家不敬嗎？」他開了第二瓶酒說。他可能想要我盡快進入狀況吧，反而考我：「國徽上另外三種動物，你知道是什麼嗎？」當然我不可能知道，他也馬上自問自答：「Magpie（後來我才知道是白背鍾鵲）、黑天鵝、紅獅。澳洲也沒有紅獅。」

父親的死，最初他以為只單純的意外，就像揮棒一定會有擦邊球，就是會有那樣的事。母親接到消息後，帶著他跟妹妹到美國（他說這是他第一次去新大陸，我問他，澳洲不也是新大陸嗎？）接回父親大體，埋葬在獵人谷。喪父發生在他十五歲的時候，他提醒我這時間點很重要，那年紀他開始酗酒。第一次發現「那些鳥」靠近他是在他喝醉之後，他開始感覺有人靠近，不管是在學校，還是在葡萄園，每晚他都覺得房間外面肯定有什麼。那晚他從舞會回來醉倒床上，突然他起身打開房門，這是他第一次在房間門口看見鴯鶓腳印，地板上濕漉漉的「山」字（他凌空寫道），「健壯的邪惡中指。」他說。雖然沒有看到「鳥身」，但腳印說明一切，爺爺、父親，接著輪到他了，他再去看妹妹的房間、媽媽的房間，門前都沒有鴯鶓腳印。雖然這是他的不幸，但他鬆了一口氣。「所有事都衝著我來吧。」他說當年的他就是這麼想的。

為了不讓「那些鳥」有機可乘，他嚴格鎖上房門窗戶，十點過後家人只能打電話到他房間找他。或許人多比較安全，白天他在學校感覺輕鬆些，體育課他坐在足球場旁的看臺望見遠處的草地有一兩隻鴯鶓在觀察他。逐漸的，獵人谷他待不下去了，鄉村離鴯鶓太近，洗澡時，鴯鶓就在浴室的牆外啄牆。好不容易熬到高中畢業，他找了個理由，向家人說要到雪梨。他想去讀城市的學校。他知道鴯鶓不容易出現在這樣大的城市，然而父親客死異鄉的陰影，仍讓他一刻不敢鬆懈。毛巾、皮製品、鴯鶓油、鴯鶓霜，所有可能以鴯鶓為原料製成的產品，他必須做到全部排除。搬到雪梨一個禮拜後，他在禧市的公寓租屋處開始受到「騷擾」，樓梯間發現鴯鶓的排遺，晚上也聽到鴯鶓特殊的低吟聲。原本這些都還能忍受，然而不久，卻發生了一件逼得少年戰村做出人生重大決定的事件。根據戰村那晚的說法，他到了雪梨後從未去工作，只是住在城市，某天他醒來胃痛得受不了，然後疼痛的部位開始往下蔓延，趕快跑到廁所腹瀉，一團不成形的糞便夾雜眾多墨綠色的堅硬碎片。虛弱的他，想著這是什麼？那天他在家沒出門，仔細挑出糞便中的墨綠色碎片，花一天的時間拼出一顆完整的鴯鶓蛋。他說當時感覺像在生蛋，但完全想不起來自己是什麼時候吃了這東西。

他開始試圖瞭解牠們，在雪梨大學的圖書館，原來那些鳥只吃穀物、花草、果實跟蟲子，牠們根本不把他當食物，而把他當成狩獵的對象。牠們對他的態度，超越了食物鏈的尺度。何況他不是當年屠殺鴯鶓的那批軍人，只因為他是機槍手查爾斯•戰村的後裔，他父親的死已經夠冤枉。而且現在這批追殺他的鴯鶓並非當年受迫害的那批鴯鶓，他覺得現在這批鳥只是懂政治學的惡靈，不斷重提過去的不幸，以此為藉口，來滿足自己種族一代又一代的殺戮慾望，除此之外沒有別的理由可以解釋牠們對他的攻擊。

他手指著游泳池的另一邊，要我看飯店的圍牆外，並示意我爬上那個。

我爬上游泳池畔的救生員看臺，往飯店圍牆外遠眺，黑暗中閃爍一雙雙紅色的眼睛，下方漆黑、渾圓、長滿羽毛的身體則將本該空無一物的荒野擠得水洩不通。約莫一兩百隻的鴯鶓大軍在外頭包圍了整個度假酒店。我像也突然聞到鴯鶓的味道，雖然我來澳洲還沒聞過。因為數量太多了，我也不自覺地害怕起來。

「鴯鶓紅色的眼睛，充滿仇恨。」我說。

「你在這，他們不會進來。如果我一個人，可能明天就被發現溺死在水池了。這裡牠們要殺我很容易。」戰村先生像已經完全摸透鴯鶓這個物種的習性，彷彿隨時可以反擊牠們，如同他的祖父，現在的他擁有這份絕對的自信。

「喝酒能讓我保持清醒。」眼前的戰村，解釋道，喝酒看似讓他失去防備，但其實是讓別人失去對他的防備。會趁他喝醉時靠近他的人，他猜想智商肯定不高。「那些鳥就是這麼笨。」他說自己再也沒回去那個租屋處，在雪梨四處遊走，睡前再隨意訂房，「這樣鴯鶓就無法確定我會住在哪。」一個禮拜七天，他都住在不同的飯店，睡在不同的房間。安穩度過幾個晚上之後，他確信自己只要不斷地旅行、不在同個地點待太久，「那些鳥」就無法靠近他。換句話說他必須每晚都住在不同的房間，才能夠安眠。於是就從拉出蛋殼的 1984 年 1 月 4 日起，一直到今晚 2015 年 11 月 20 日，三十一年的時間，他已經住過一萬多個房間。

「一萬個房間？」我驚訝到不敢置信。

「正確說，是一萬一千多個。我知道，你可能覺得好像很多很誇張，但其實我每天只是做一件事，只要確定今晚住哪就好了。」

雖然讓他旅行的動力如此奇特，但他覺得整個人生因為遷徙而更自由了。現在獵人谷的酒莊由妹妹經營。最初十年他都靠家裡支助，不過他也不是都不賺錢。九〇年代有次他住進英國艾克希特一間文藝氣息濃厚的文旅，觸發他開始將自己「一日一宿」不斷換房居住的經歷，投稿報紙和雜誌。他想到既然住過這麼多房間，飯店從一星住到五星，不同風格的民宿，臨時借住的商店、民宅、組合屋、貨櫃屋，正在蓋的大樓工地，還有那種野外臨時搭建的勉強可以睡的地方（他形容像紅毛猩猩搭的床鋪），也常在飛機的頭等艙過夜（他覺得是最安全的地方），他已睡遍澳洲大地，還到過世界各個角落，是臥房內的人類學家。他說自己寫的東西很廣，尤其喜歡寫一些活潑的題材。2005 年 YouTube 成立後，他也是最早一批走紅的 YouTuber，也有一些年輕人開始學起他生活。由於我們家與同團的美國夫婦都不是澳洲人，導遊也是兩年前才來澳洲工讀的韓裔，自然不知道他是澳洲鼎鼎有名的網紅了。

「你說你是作家？」他問。

「在臺灣出版過幾本小說。」我想了下，好像還沒出版過其他文類的作品。

「對，所以我想向你說一件事。」現在時間已經超過十二點了，他到底想說什麼？難道剛剛那些關於鷸鶓你死我活的家族詛咒，不是他今晚談話的主軸？爸媽的房間可以俯瞰游泳池，他們已經先關燈睡了。我腦也中開始 Run 明天的行程，尤其是粉紅湖。

「是什麼事情？」

「關於房間的事。」

「一萬個房間？」

他搖頭，對他來說住過一萬個房間不算什麼，特別的是其中有一個房間令他永生難忘，可說是死裡逃生才離開那該死的地方。關於這個房間，接下來的故事完全沒有我說話的餘地，暫時交由戰村先生當敘事者：

那是塔斯馬尼亞島上一家知名的精品旅店，為保護現任的經營者，我不會透露詳細的地點。我抵達民宿是晚上九點，二〇〇四年十二月聖誕節前夕，夏天九點才日落。

我打開房門，裡頭全黑，完全的黑暗，飯店走道的光也射不進來，好不容易我在門口處摸索出控制電源的插卡系統，打開燈，沒想到房間內竟然有窗戶，窗戶外面是飯店正門前那條熱鬧的馬路。上述進房的第一印象就讓我覺得十分奇怪了。

房間挑高很高，高達六米，上方開了一個圓窗，作為照明用的天井。內部裝潢則是一般盛行的維多利亞風格，牆壁上掛了一張很可能是塔斯馬尼亞原住民的照片。照片中的男女看不出彼此間的關係，但都身穿英格蘭的傳統服裝，拍攝日期，鉛筆寫著1920年。但是受過教育的澳洲人都知道，塔斯馬尼亞原住民最遲在1905年就已經全部滅絕，一個都沒留下，全死光了，因此我常罵澳洲政府Bloody。除此之外房間還有很多白人玩偶，但這些玩偶不是被挖了眼睛，就是缺了身體某個部分，有某種說不出的詭異。因為只睡一晚，當時我也覺得沒有必要深究。

大概晚上十一點，洗完澡之後想想明天要住哪，很快關燈睡覺，房間再次陷入完全的黑暗。就在我睡著後不知道多久，電話響起，一名女子問我房間有幾個人？

我說只有我一位。她聽完就掛斷。當時以為是櫃臺確定入住人數，沒放心上。又睡了一會，電話再次響起。同一名女子問我，房間到底有幾個人？她語氣冷淡，讓我想起她剛才的無禮，我很不客氣地說只有我一個人，然後比她先掛斷。

幾秒鐘後，電話又響了。

我完全不想接，想也不想，直接激動地拔掉電話線。

但我是怎麼拔掉電話線？我發現自己正躺在床上，頭部沉沉地陷在異常柔軟的羽毛枕裡。可是記得電話在正前方的電視櫃旁，離床鋪很遠。房間這股黑暗讓我看不到任何東西，一片漆黑，桌子、椅子是不是在原來的位子，真的不清楚。照理說窗外馬路多少會有一點聲音，現在連聲音也沒了。觸碰的感覺還在，右手掌碰到一只人偶，但我記得床上沒放人偶，原本我以為是人偶來到了床上，這也夠可怕了，但我的左手為何掛在門把的金屬杆上方？我得強調是「掛著」，因為我完全不能動。右腳感覺踩著潮濕的浴缸，左腳卻踩在毛毯上。背部的感覺，應該是躺在床上，但屁股卻貼著冰涼的地板，回想房間的擺設，除了浴室我不知道哪裡還會有這種一格一格的磁磚。難道我在做夢？如果不是，恐怕我已經被肢解了，亂七八糟丟棄在房間內。

我感覺陰莖被浸泡在青蛙黏液裡，也可能是某個女性的體內，感覺很像，總之我無法確定。我拼命呼吸，卻聞到各式各樣的香氣，或濃或淡，後來則變得刺鼻，各種難以名狀的噁心味道。我控制不住大腦，想破頭，搜索每一種味道是什麼腐爛散發出來的，每一種味道教我頭痛欲裂，一下子給你屎尿味，一下子給你腥臭味。

我真想自殺，真想閉氣去死。直到我發現氣味應該都屬於昆蟲，每一種氣味可以喚起我腦裡不同種的蟲，這是我在獵人谷的經驗，大小不同，型態各異，或蠕動或振翅，每隻輪流鑽出我的頭，牠們挑釁與摧毀我前後腦杓的不同部位，數以萬計的神經因酸疼而活躍，我的腦被寄宿，像保存億萬年的昆蟲基因膠囊庫。

我敢肯定，這不是鴯鶓幹的。我太熟悉那些鳥的招數了。

我在黑暗的房間「躺」了很久的時間，也許不只一天，如果不只一天，那就是我二十年來待過最久的房間。時間拉長後，散落的各部位慢慢能動了，但斷肢的痛楚也越來越明顯，也可能因為我的腦被蹂躪整夜，所以沒有什麼不能承受了。我仔細回想，知道電燈開關大概在哪，但我只有一次機會，如果沒按到，左手就會掉到地上。就在我一直掙扎怎麼開燈時。電話又打來了，現在的我不可能接電話。但是誰接上電話線？房間內不只我一個人嗎？我的聽覺逐漸恢復，鈴聲越來越大聲。瞬間有人拿起電話，那頭仍然是那名女子的聲音：

「房間到底有幾個人？」

我沒有回答，在場也沒有人回答。我還是賭了一把，將右手從門把盪過去，按中電燈開關後掉到地上。亮燈的瞬間，就在我床鋪的上方，圓形天井的下方，一顆長得和我一模一樣的紅色頭顱，像紐蟲自耳朵吐出粉紅色的枝芽狀的「吻」，這些動來動去的「吻」會主動捕捉獵物，早已纏住房間內所有我分散的肢體。然後這顆頭，衝向我低吼：

「這裡還沒有分開。」說完迅速用「吻」扯斷我的脖子。

我在脖子斷掉前大叫「Help」，我竟然有聲音了，喉頭的聲音把所有的散落各地的肢體吸回來了，一切重新凝聚成我現在的這個樣子。陽光自天井照下，那顆紅色的噁心怪頭也不見了。我滾下床，拖著行李，死命打開門爬出房間，躺在旅館的走道上睜大眼睛不停地喘氣。

我把鑰匙扔給櫃臺，當作是check out，服務員告訴我，旅館是新蓋好的，屋齡不到一年，從未發生過什麼事。我不相信，擋在櫃臺不走，他們又派了層級更高的經理出來。我再三追問，才知道他們所謂的『新建築』，是將墨爾本都市計畫拆除的幾棟木造老屋，把那些門板、窗框，等有特色的老建材，運到塔斯馬尼亞後再重新組裝建造。不過那名經理也只知道這麼多了。

後來民宿的經營者知道我常寫些飯店的心得，透過我常投稿的報紙主動聯絡我，告訴我那房間的部分建材，來自墨爾本的黑幫進行私刑的一棟房子。

聽完這則澳洲奇譚，我深呼吸了一口氣，原本黑暗的天空逐漸與游泳池同一個色調，已經是早晨的藍，我們腳邊都是酒瓶。對了，我想到一件很重要的事。

「結果呢？」我急著問，「醒來有超過一天嗎？」

「沒有，比我原本預料的早，就是一般的時間起床。比現在晚一點吧。」

我們都笑出聲，然後我問：「你有什麼體會？」

「這是一個好上帝。」他說，「過去那些糾纏你的東西，似乎消失了，久了你以為沒事了，但他們其實一直跟著你，永永遠遠。」他總結說。

他告訴我的，坦白說已經夠多、夠豐富了。

我向戰村先生說聲晚安，也很睏了，回房先睡兩小時吧，等我走到飯店二樓房門前的走廊，看向牆外，昨晚聚集的鴯鶓也全散了，彷彿不曾來過。戰村先生則站在游泳池畔，舉起酒瓶向我致意。

八點的早餐時間，戰村先生表示 Hutt Lagoon 粉紅湖以前去過了，正式與我們告別。他歡迎我們關注他的 YouTube，隨時能看到他分享的旅宿影片。爸媽也才知道他是澳洲的名人，驚訝地看著他。一路上我想，也許他單純不想看到粉紅色吧。至於打電話給他的女子是誰？他也沒有解答。當天我們家從粉紅湖返程，在伯斯待了一晚，隔天搭乘火車離開伯斯，逐漸進入西澳內陸的荒漠景色，看到了澳洲野犬。火車上度過了四天三夜之後，我們終於抵達雪梨。

#【後記】羊與貘

——那隻羊要我做夢，那隻貘卻吃了我的夢——

我在臺南度過了童年。小時候住在大橋的家，晚上睡不著翻來覆去數羊，一入睡就做惡夢。開始創作小說之後，我變得更多夢了，至今大部分的夢仍然是惡夢，曾以為自己是從地獄轉世而來，不過誰不是從地獄轉世來的呢？那應該是一個重要的中繼站吧。不知道從什麼時候起，我開始害怕睡著，夢裡只能等待傳說中的貘來拯救我，大口吃掉那些詭異的夢境。然而睜開眼睛回到房間，卻又懷念起昨晚那些不可思議的夢。

夢的敘事，出乎意料，曲折離奇，能重複敘事、多重敘事、倒轉敘事、循環敘事，或視角突然切換，在不重要的角色跟情節大量鋪陳，往往看似線索的部分，不僅無意義也沒結果，又從莫名奇妙的地方新生出夢境，在最後把你推開。我曾做過一個夢，夢中採用特殊的重疊敘事，像一次開兩三個頻道同時觀看。而且夢是一種五感體驗，夢中有顏色、有聲音、有觸感、有味道、有氣味。夢裡的空氣也很新鮮。即便是電影，也無法超越夢的藝術。

西方的現代主義小說深受到佛洛伊德的影響，但無論普魯斯特、吳爾芙、喬伊斯和福克納，他們的意識流作品都與夢境存在極大的差距。雖然運用了自由書寫、時空的鏡頭語言等模仿意識活動的敘事技巧，但意識流小說的美典，與夢境正好截然相反：首先篇幅太長了，其次不斷淡化情節，著重心理描寫，在小說中運用大量的內心獨白與心理分析，不停地形容跟修飾句子，寫作的意圖過於明顯，導致最後的成品實在太過精巧細緻了。

在我的閱讀經驗中，中國古體小說的敘事模式最接近夢的敘事模式，包括志怪、志人、雜傳、傳奇，以及筆記小說，因敘述「粗陳梗概」（魯迅語），篇幅大多簡短或不完整，缺乏外在景物與內心活動的描寫，對話尤其精簡，有時一兩句話就是一則故事，有時又龐雜不知所云，唯有不斷推進情節，如同夢境以一個鏡頭不斷帶你往前觀看。追求「奇」的審美品味，荒誕脫離常軌，加上作者缺乏創作的自覺意識，長期以來被視為不成熟的小說、不是真正的小說。然而古體小說從形式到內容，幾乎具備夢的所有特點。因為無意建構，隨意取材，有什麼寫什麼，不刻意表現自我，難以掌握作者的意圖，各方面都展現不受控制的想像力，反而更接近潛意識與夢境。小說最末的評論，又彷彿夢醒之後的省思。這種被認為最原始、最不成熟的小說，無論何時閱讀，都讓我覺得新奇，也覺得恐怖。最初我寫的小說也是這類的惡夢。後來經歷長篇、短篇的磨練，逐漸形成個人風格，但這種社會化的過程，卻遠離了最初的我的那種敘事。

「儚」為短暫，虛幻，無常之意，象徵人類永恆的迷惘。書中最早的短篇寫於二〇〇四年，少數於一五、一六年的報刊發表過，絕大部分寫於今年五月和六月，是我回臺南生活之後創作的第一本小說，也是我第一本在夏天出版的書。

這一百篇成語故事，結構失衡，衝撞邏輯，為的就是回到人類最初創作小說的那種狀態，以最原始的方式，再現夢境。每則故事盡可能在靈感出現的當下完成，不做拖泥帶水的思考，沒有任何寫作標準，長短不一，題材不拘，每則都是獨立無關的故事，由不同的敘事者講述不同的故事，即便敘事者是「我」，也都是不同的「我」，體會不同的恐懼。

所有恐懼都來自於未知。被譽為中國古今小說之祖的《汲塚瑣語》本身是一本解夢書，也是一本恐怖小說，日後的魏晉志怪、唐傳奇、宋元明筆記小說，以及清代文言小說雙璧《聊齋志異》與《閱微草堂筆記》，都在恐怖之中寄寓作者的理念，深刻反應當時的社會問題，形成一種反抒情的、中國乃至於東亞特有的「恐怖寫實主義」傳統。如同夢境透過恐懼來教導我們，這些小說表現了強烈的粗糙感、失序感、莫名感、速度感與錯愕感，比起暴力、死亡、血腥，日常的命運、制度、人性，更教人不寒而慄。

撰寫《儚》曾遭到許多人的反對，主要有別於我過去幾本書的風格。鏡文學的子菁認為我應該把心力放在長篇小說，她在一家複合式麵包店極力想說服我，而我卻努力想說服她這是一本值得投入的書。幸運的是，聯合文學總編輯周昭翡女士聽到此書的構想後毅然決定出版。於是責編蕭仁豪，同我在樓下的新創公司聽我述說這些荒誕不經的故事，仁豪同樣喜歡閱讀筆記小說，大學開始搜集綠色書皮的《筆記小說大觀》，全套450本，他說總有一天被他買齊；書封也邀請到才華洋溢的藝術家陳青琳設計，出版前青琳的畫作〈越夢〉剛好在信義誠品展出。一切就這麼巧，把我們湊在一塊，共同完成了這本惡夢之書。在此非常感謝諸位。

有勇氣變革者，請把惡夢傳遞下去吧。

一九夏至，大橋

國家圖書館出版品預行編目資料

傻：恐怖成語故事 / 林秀赫著. -- 初版.
-- 臺北市 : 聯合文學, 2019.08
320面 ; 14.8×21公分. -- (品味隨筆 ; 22)

ISBN 978-986-323-313-8(平裝)

863.57　　108012253

品味隨筆
taste
— 22

傻：恐怖成語故事

作　　者／林秀赫
發 行 人／張寶琴

總 編 輯／周昭翡
主　　編／蕭仁豪
資深美編／戴榮芝
實習編輯／曾逸昀
業務部總經理／李文吉
行銷企劃／邱懷慧
發行專員／簡聖峰
財 務 部／趙玉瑩　韋秀英
人事行政組／李懷瑩
版權管理／蕭仁豪

法律顧問／理律法律事務所
陳長文律師、蔣大中律師

出 版 者／聯合文學出版社股份有限公司
地　　址／臺北市基隆路一段178號10樓
電　　話／(02)27666759轉5107
傳　　真／(02)27567914
郵撥帳號／17623526 聯合文學出版社股份有限公司
登 記 證／行政院新聞局局版臺業字第6109號
網　　址／http://unitas.udngroup.com.tw
E-mail:unitas@udngroup.com

印 刷 廠／沐春行銷創意有限公司
總 經 銷／聯合發行股份有限公司
地　　址／231新北市新店區寶橋路235巷6弄6號2樓
電　　話／(02)29178022

出版日期／2019年8月　初版
定　　價／360元

ISBN 978-986-323-313-8（平裝）